두 여류작가의 빛

르네상스 시대

두 여류작가의 빛

홍숙희 장편소설

도서출판 북인

신사임당과 허초희의 부활을 위하여

언젠가 국보급 두루마리 족자가 뭉그러진 것을 보았습니다. 그것은 5백 년 이상된 여류화가의 산수화였습니다. 이로 인해 한국의 걸출한 여류화가인 신사임당과 허초희, 이들의 여러 관계성에 대한 고민이 많았습니다. 특히 두 여류들을 소재로 한 예리한 창작물들이 많기에, 실제 이야기를 토대로 어떻게 소설로 실마리를 풀어가야 할지를 두고서 갈등의 연속이었습니다.

그런데 이분들이 태어난 시기와 활동 연대가 14~16세기 르네상스 시대와도 같았습니다. 강릉 출신 조선 시대 두 분 여류작가와도 관련되어 있다는 심증을 또한 굳히고 사색의 실마리를 어렵사리 풀어갔습니다. 그래서 동同 세기의 세계 여류작가 존재 여부와도 관련된 소설이기에 '고고학의 폭풍주의보'와 '르네상스 시대로의 초대'를 광범위하게 곁들었습니다.

우리나라 변방인 강릉이 지구상 면적은 작지만, 결코 작은 도시가 아니라는 것을 강조하고 싶었습니다. 다시 말하여 조선의 두 여류작가에게는 이탈리아 피렌체 '메디치가'의 후원과도 흡사한 아들딸 구별하지 않고 학문에 입문할 수 있는 길을 열어준 강릉의 '어르신'이 계셨기 때문이었습니다. 당시 세계사에는 이렇다 할 여류작가들이 없었다는 나름의 생각이 또한 이유였습니다.

당시 시대상으로 역사 속 아름답지 못한 일들로 두 집안의 역사적 불협화음도 마음에 걸렸습니다. 절정 부분에 강릉 출신의 신사임당과 허초희의 부활에 초점을 맞추고 화해를 돌출해냈습니다.

물론 혹자는 지금까지 대해보지 못한 도전적인 과감한 새로운 방법의 공격이어서 독자들은 그저 얼얼한 기분이 들 정도라고. 어떤 면에서 소설의 새로운 지평을 열고자 한 작품으로 보게 된다고도. 서술 방법이나 제재의 범위, 문명 비판적인 태도 등은 매우 독특하여 독자들에게 강한 인상을 준다고도. 그럼에도 불구하고 소설 본래의 기능인 플롯에 대한 신중함의 부족을 작가의 미숙한 흠집으로 치부하고, 이는 앞으로 각고의 노력이 다분히 필요한 시점임을 겸손하게 받아들입니다.

이제 글을 마무리하면서 2009년 첫 장편소설 『거무내미』, 2021년 출간한 『19열차』 이어 2024년에도 '강릉문화재단'의 지원금이 제 글의 부족한 부분에 힘과 용기를 주셨기 세 번째 장편소설을 세상에 내놓게 되었습니다. 중단 없는 진행형으로 좋은 글로서 보답드리겠

다는 약속을 지키게 되어 더없는 영광으로 삼으며 미흡한 점 은혜
로움으로 채워가겠습니다.

끝으로 부족한 글을 살펴주고 해설을 써주신 엄창섭 교수님과 추
천사를 보내주신 홍성암 교수님께 머리숙여 감사드립니다.

이천이십사년 시월 초아흐렛 날에 쓰다
홍숙희

Contents

1장
묵은 빛

묵은 빛

깨끗하고 조용하다. 작업하기에 적당한 조도를 갖춘 연구실이다.

실내 온도도 필요한 것은 뭐든 곧바로 취할 수 있어 좋다. 밖에서 노크 소리가 들린다. 바쁜 시간을 쪼개 서울국립미술관 관장님께서 오셨다.

"기부자님께서 고서화에 대해 정확히 말씀하지 않으셨습니다. 다만 집안 대대로 내려오던 것이라고만…."

연구직원 아름이가 전한다. 왜? 뭔가 불길한 의문부호가 따라온다. 아닌 게 아니라 연구실에 들어서는 내내 윤슬의 손은 떨렸다. 수세기가 지나면서 미궁에 빠져 있던 소문의 고서화다. 그 고서화가 국립미술관에 도착했다는 전갈을 받았다. 국보일 수도 있다는 확신까지. 빠른 기대는 위험할 수 있다. 대단한 만큼 기술적인 것이 아주 중요해 보인다. 가장 흥미로운 프로젝트를 수행하려면 많은 경험이 필요하다. 우선 진품을 확인해야 하는 과정이 중요해 보인다. 연구 결과에 상상력을 더하면 과거에 대한 직관력과도 관계가 있을 것이다. 지극히 조심해야 한다. 아무리 작업 경험이 많다 해도 처음 손을 대는 순간이 언제나 낯설고 거칠다. 강렬한 전율을 느끼게 된다.

고서화를 놓을 자리는 이미 준비해놓았다. 밤색 비단 보를 깔아놓은 곳에 두 폭짜리 고서화가 놓아져 있다. 막상 속의 작품을 보기 전까지는 사람들의 눈길을 끌 만한 물건으로는 보이지 않는다. 조선시대 여류화가가 태어난 지 520년이라는 시간이 흘렀다. 오랜 시간을 거치는 동안 누군가가 다시 제본했을지도 모른다는 생각도 들었다.

기록상 확실한 건 아직 아무것도 없다. 지난 세월이 건네준 그대로 받아들여야 한다고 자신에게 타이른다. 손상되고 낡고 닳은 그 모습 자체가 당시 역사를 반영하니까. 족자 배접 모서리가 심하게 손상되어 있다. 갈라진 모서리 가운데를 손가락으로 가볍게 쓰다듬는다. 앞으로 보완할 곳이다. 오백 년 이상을 살아낸 고서화가 너무 닳아서 당장이라도 해체될 것 같아 조심스럽다. 심호흡을 크게 한다. 흰 장갑을 낀 손으로 둘둘 말려 있는 두루마리를 천천히 앞으로 밀고 나간다. 이 고서화는 소유한 사람이 견딜 수 없을 만큼의 압박을 겪고 살았을 것이다. 묵은 빛과 먼지의 조각들이 자잘하게 흩어지면서 본색을 드러내는 찰나.

"세상에나." "이~게 뭐야!" "어쩌자고?"

세 사람이 한마디씩 격하게 토해낸다. 윤슬의 손마디 말초신경계에 급작스럽게 통증이 왔다. 배가 아프고 헛구역질까지 올라왔다. 맥이 빠지면서 감정 밑바닥에 깔려 있던 분노가 솟구쳤다. 한마디 더 툭 뱉는다.

"불량배들이 아니고서야."

관장님은 윤슬의 실망스러운 마음을 건드리고 싶지 않아 조심스러워한다. 그러면서 고서화의 감정을 마무리한다.

"섭섭하게도 우리가 기대하던 산수화는 뭉그러졌습니다. 다만 여기 당대 조선 중기의 문신 소세양이 쓴 축하 시의 흔적이 아직 남아 있습니다. 이경석의 발문까지도. 그리고 여기 네 글자 중 동양東陽 두 글자만은 뚜렷합니다만. 저 위에 낙관까지로 보아서는 진품인 것만은 확실해 보입니다."

'어떻게? 이 귀한 진품을 두고?' 어처구니없게도 누군가 의도적으로 지워버린 게 분명했다.

"뭉개진 원인 규명만은 해볼 가치가 있겠습니다. 연구사님 수고해주십시오."

관장님께서 넌지시 속마음을 건네고는 연구실을 빠져나가셨다.

'설마가 사람잡는다고?' 간혹 명품 고서화들이 유명세로 인해 곤욕을 치르는 경우가 허다하다. 원본이 아닌 복사본이 집안 대대로 내려오는 보물로 취급되다가 진품이 아님이 드러나는 해괴한 일도 있다. 최신 기술을 이용해 원작가의 지문 인식까지도 동원하는 등, 돈의 노예가 된 이들이 벌이는 자작극으로도 소란을 피우다 끝나기도 한다. 어느 시대든 몰상식한 놈들이 있게 마련일 테니까. 모처럼 조선 여류 산수화가의 부활을 기대하다가 와르르 무너져내렸다.

여류예술가의 혼은 미궁에 빠지고….

조선시대 천재 여류예술가를 알리는 서막의 나팔 소리는 없었다.

2006년 영화 〈다빈치 코드〉가 뜨고, 한 여인의 삶을 재해석한 예술의 혼과 불멸의 사랑을 그린 〈빛의 일기〉가 2017년에 TV 드라마로 방영되었다. 그때로부터 '강릉으로 가는 길'은 '여성 천재들에 대한 모종의 비밀', 숨겨둔 '다빈치 코드'와 흡사한 그 무엇이 뇌리를 의아심으로 휘감았다.

  연구실 창밖을 본다.

  미술관이 있는 경복궁 뜨락에 함박눈이 소리 없이 내리고 있다. 바람도 불지 않고 조용히 오고 있는데 제법 많이 쌓였다. 천천히 계단을 밟고 밖으로 나간다. 빈 왕궁으로 쏟아지는 눈은 넓은 공간 탓인지 잔인할 정도로 순도가 높다. 걷다보니 순백의 눈에 매몰될 지경이다. 쌓인 눈에 발이 푹푹 빠진다. 펑펑 내리는 함박눈이 윤슬의 어깨를 계속 툭툭 치고 지나갈 뿐이다.

  '도대체 왜? 왜?' 무너져 내리는 그녀의 마음에 위로가 되지 않는다. 빈 궁궐 넓은 뜨락은 적요하다. 마치 바다에 넘실거리면서 파도처럼 겹겹이 적막함이 밀려오고 있다. 조선 왕실의 위엄을 상징하는 지붕 마루의 용머리까지도 눈에 쌓여 왠지 쓸쓸하기 짝이 없다. 넘보아서는 안 되는 신성불가침의 영역에 내리는 눈마저도….

  엄숙하기보다 애잔하기 그지없다.

  "윤슬아! 세상이 은세계라도 그쪽에 마음 쏠리지 마라."

  어디선가 리 선배 음성이 귓불을 간지럽힌다. 그 옛날 궁궐 여인들은 구중궁궐 담벼락을 끼고 살았다. 윤슬은 요리조리 방과 방이 연결되어 미로 같은 기와 꽃담을 기웃거린다. 궁궐 여인네의 애절한 속삭임이 허공에서 부서질 뿐이다. 그 어디에도 눈에 띄지 않는다. 이 방 저 방, 꽃담 사이로 천 갈래, 만 갈래 사방으로 흩어지는 소리를 쫓다가 그만 발걸음을 멈추고 만다.

지금 궁궐은 고종 당시에 500여 동이나 되던 건물이 일제 강점기를 지나면서 36동밖에 남지 않았다.

'이 몹쓸 왜놈들!' 수백 동의 건물이 사라진 빈터와 마주하다보니, '왜' 자만 들어도 치가 떨린다던 그녀 할아버지의 말씀이 귓전에 스친다. 그 너머로 새하얀 눈이 쌓인 인왕산까지도 오늘 따라 밉게 보인다. 인왕사 일대의 선바위가 우뚝하게 자리하고 있는 바위. 선禪을 행하는 바위가, 왠지? 오늘은 흰 수염을 쓰다듬고 있는 꼬장꼬장한 유교 선비들이 웅크리고 앉아 있는 형상들이다. 풍경은 사물을 바라보는 사람의 심보를 닮는다고, 오늘 따라 뒤틀린 시선으로 비친다.

조선시대 '선비'의 '선禪'은 몽골어의 '어질다' 'sait'의 변형인 'sain'과 연관되어 있다. '비'는 몽골어 및 만주어에서 '지식이 있는 사람'을 뜻한다. 어질고 잘 생기고 지식이 풍부한 선비라는 뉘앙스를 지니고 있다. 고귀한 신분의 사내들이라는, 조선 여인네의 가슴을 몇 번씩이나 훔치고도 남을 출중한 인물들로 그려진다. 그런데 요즈음 윤슬 생각의 선이 조금씩 달라지고 있다. 저들의 꽉 막혀버린 사고에 조선 여인들은 숨인들 제대로 쉴 수 있었을까? 라는 의구심이 든다. 게다가 여류작가들의 예술세계를 엿볼 수나 있을는지? 지금으로는 장담할 수가 없다. 고고미술사학자들의 연구란 치열해야 함을 잘 알고 있는 터다. 하지만 무리수가 따를 것이기에 지레 겁을 먹는다.

조선 유교문화권의 남존여비 사상은 남자는 귀하고 여자는 비천하다는 뜻이기에. 여성으로서 넘어야 할 고개가 무척이나 높아 보인다. 오늘처럼 비뚤어진 시선으로 하얀 눈의 결정체를 살피다보니 마치 현미경 속 6개의 팔을 지닌 정육각형 결정체 속에 조선 여인들이 갇혀 있는 꼴로 비친다. 그때 깔깔거리며 지나가는 청춘 남녀의 웃음소리가 난데없이 쏟아졌다.

'어느 안전이라고? 저런 괘씸한 놈들을 봤나?' 추억의 개그가 한차례 지나간다. 머리에 갓을 쓰거나, 곱게 한복을 차려입은 노랑 머리카락 서양인들의 등장이 무척이나 새롭다. 남의 나라 궁궐에 와서 신기한 듯 환하게 웃으며 카메라로 눈밭에서 연신 사진 찍기에 바쁘다. 눈 오는 궁궐의 풍광은 순간 만화경 같은 세상으로 변한다.

추억은 아름답다고 했던가.

새해가 되면 어김없이 동네 사진관을 찾아 가족사진을 찍던 그 시절로 윤슬은 돌아간다. 사진관에 설치해놓은 의자에 두루마기를 걸친 젊은 그녀의 아버지가 있다. 그 옆에 한복 차림의 어머니가 색동저고리를 입은 막내를 안고 계신다. 초등학교에 막 입학한 어린 윤슬은 언니와 함께 부모님 앞에 선 채로 배시시 웃고 있다. 그녀의 오라버니는 아버지 오른쪽에 중학생 모자를 쓴 교복 차림이다. 검은 머리를 쫑쫑 땋은 윤슬의 뒤꼭지에 달린 빨간 댕기가 보일 듯 말 듯 그리운 시절을 떠오르게 하는 마법이 되고 있다.

맑은 하늘가 해가 환하게 비추는 빈 들판에 볏단이 쌓여 있고. 꽁꽁 얼어붙은 저수지가 성큼 눈앞으로 다가온다. 얼음판 위로 옹기종기 모여 아슬아슬 팽이를 치고 있는 소년들의 모습 속에 그녀의 오라버니가 있다. 털모자를 쓰고 솜뭉치 귀마개를 하고는 언 손에 호호 입김을 불어가며 팽이를 치고 있다. 팽이는 아버지께서 겨울에 산에 올라가 소나무를 베어와 나무의 밑부분을 야금야금 둥근 마름모꼴로 깎아서 만드셨다. 꽁지에다 구슬을 박고 팽이채는 손수레 바퀴에서 빼낸 베어링을 사용했다. 팽이가 완성되면 길게 벗긴 닥나무 껍질로 팽이채를 만들어주었다. 마을 소년들은 팽이를 치다 재미가 없어지면 팽이 싸움까지도 했다. 그날은 설핏 언 얼음이 깨지는 줄도 모르고 팽이 싸움에 정신을 팔다가 아찔한 상황까지도 연출하고 만다. 평화로운 마을에 다급한 이장님의 목소리가 공동 스피커에서 쏟아졌다.

"딩동! 딩동~. 아 아, 이장입니다. 주민 여러분에게 긴급상황이 있어 알려드립니다. 저수지 얼음판에 아이가 빠졌습니다. 필요한 장비를 가지고 급히 저수지로 와주시기 바랍니다."

재난방송이 나가자 어르신들은 놀람을 감추지 못한 채 아이를 구해야 한다며. 광에서 긴 밧줄, 나무판자와 담요와 겉옷까지도 챙겨

달려간다. 요즘 같으면 119로 신고하고 지켜보면 그만이다. 당시로는 시간을 다투는 문제다. 잔뜩 겁에 질린 이웃 어른들이 급박한 심정으로 저수지로 내달린다. 급격히 떨어지는 기온에 서둘지 않으면한 생명을 잃을지도 모른다는 생각에 발 빠르게 움직인다.

'이웃사촌이 따로 없다.' 마을 주민들 덕분에 겨우 오라버니의 구조가 재빠르게 진행되었다. 멀리 큰 병원 구급차가 사이렌 소리를내며 달려온다. 그러다 보면 꽃 피는 봄이 성큼 찾아왔었다. 마을마다 노란 산수유꽃이 피고 지고, 봄빛이 아지랑이 속에서 손짓했다.

이곳 경회루, 꽁꽁 언 연못에도 봄날이면 축축 가지를 늘어뜨린수양벚나무에 핀 벚꽃은 무척이나 곱다. 흰 색과 분홍색의 화사한꽃무리의 군집들, 당시 왕의 꽃이라고도 불렸다. 외국 사신 접대뿐아니라 임금과 신하 사이에 연회 장소로도 활용되었다. 경회루에서윤슬의 감성은 궁궐 여인네 슬픔까지도 건져올린다.

하룻밤 사이에 임금 눈에 띄어 빈의 자리에 앉게 되는 여인들의이야기다. 어쩐 일인지 임금은 그 이후로 빈의 처소에 찾아오지 않는다. 기다림에 지친 빈은 그만 상사병으로 시름시름 앓다가 세상을 뜬다. 초상조차 제대로 치르지 못한 채. 시녀들은 빈을 불쌍히 여겨 담장 가에 묻었다. 그 이듬해 빈의 처소 담장에는 빈을 닮은 능소화가 피었다. 능소화가 제아무리 아름다운 꽃이라도 옆에 지탱해줄버팀목이나 지지대가 없다면 뻗어나가지 못하는 이치처럼 홀로 필수 없는 꽃, 구중궁궐 여인네의 고독사까지도 훔쳐보게 된다.

가까이 왕비의 처소 교태전까지도 눈에 들어온다. 임금의 침전인 강녕전을 지나면 관능으로 천하를 지배한 여인들이 있었다. 화려하지만 정치적 소용돌이 속에서 고군분투해야만 했던 이 나라 국모들이다. 암투와 술수가 지배하던 왕비와 후궁들의 내명부는 조선 관리들의 품계와 마찬가지였다. 국왕도 내명부의 일에는 간섭하지 않는 것이 관례로 되어 있었다. 조선시대 임금들은 왕비 외에도 많은 후궁을 거느렸다. 임금의 다산은 나라의 강건함과 풍요로움의 상징이었기에. 권력을 위해서라면 자신의 피붙이를 죽이면서까지 왕비가 되어 살다 가거나, 죽어서 폐비가 되었다가 복위되기도 했었다.

삼국시대나 고려시대에는 후궁이 없었다. 혼인하는 부인들에게 모두 황후나 부인의 호칭을 두었다. 계급이나 서열이 따로 있지 않았다. 하지만 조선시대 유교가 들어오면서 중국의 영향을 받아 족내혼을 금지하고 정비와 후궁의 차별을 두기 시작했다. 조선 역사상 가장 드라마틱한 장희빈은 숙종이라는 남자에게 배신당하고, 이용당한 정치적 희생양이 되고 말았다. 숙종은 치졸하고 잔인한 변덕쟁이였다. 정권을 잡은 서인들은 그녀를 철저히 악녀로 묘사했다. 그녀로 인해 후궁은 절대 정비의 자리에 오르지 못하는 새로운 법까지 생겨났을 정도다. 이렇게 궁궐 여인들은 자신이 부린 욕심과 권력쟁탈전의 희생양이 되어 피지도 못한 채 쓰러져갔다. 하지만 여인들의 로망이 되는 곳이 궁궐이기도 했었다.

최고 불운의 왕비는 노비로 전락한 조선 제5대 왕 단종비다. 정순

왕후 송씨는 단종이 돌아올 수 없는 다리를 건너고 말았다. 그 까닭에 영도교를 백성들이 훗날 '영 이별 다리'라고 불렀다. 중종의 조강지처로 왕후 책봉식도 없이 왕후로 머문 단경왕후 신씨도 마찬가지였다. 그녀는 역적의 딸이라는 오명을 받고 8일 만에 폐위되면서 궁궐을 떠났다.

조선 말기로 오면서 암호명 '여우사냥'이라는, 어느 세상에도 없는 치욕적인 사건은 또 어떻게 하고. 895년 10월 8일(음력 8월 20일) 새벽 일본 낭인들이 경복궁으로 들이닥쳤다. 그들은 궁궐 뒤편 왕비 침실에 있던 명성황후를 찾아내 칼로 찔러 무참히 살해했다. 시신에 석유를 뿌려 불사른 뒤 뒷산에 묻어버리는 참혹한 짓을 저지르고 말았다. 명성황후 시해사건으로 인해 조선은 국력을 훼손당하고 망국으로 가는 길을 한 발 더 내딛게 되는 꼴이 되었다.

궁궐 여인이 어디 그뿐이었겠는가?

궁궐에는 가장 발 빠르게 걷는 전문 여인들도 있었다. 가사노동 전문가로 많을 땐 500~600명 정도였다. 궁녀, 의녀, 기녀, 무녀로 한정된 여성이 직업을 가진 유일한 예다. 종9품에서 정5품 상궁까지 품계가 주어졌다. 가장 높은 제조상궁은 요즘 말하면 장관급이다. 어마어마한 직급이다. 격일제 8시간 근무가 원칙이었으나 잡일이 많아 그다지 녹록지는 않았다. 조선시대 최고의 직업여성이라는 자부심만은 그들에게 있었다. 돌연 궁궐 여성 전문가의 손길이 궁금해졌다. 가던 길을 되돌아 연구실로 급히 오고 있다.

"눈길은 미끄럽다. 조심해라, 윤슬아!"

건물 현관에서 리 선배의 다정함을 의식하며 눈을 털고 실내화로 바꿔 신는다. 그의 말처럼 가벼운 눈이거니 맞고 보니까 후회가 앞섰다. 급히 걷다가 몇 번을 넘어질 뻔했었다.

'엉덩방아라도 찧었더라면 어쩔 뻔했어.' 딱할 노릇이다. 현관 거울을 마주 보니 머리에서부터 꼭 물에 빠진 생쥐 꼴이다. 3층까지 대수롭지 않게 오르내리던 계단이 오늘 따라 상당히 높아 보인다. 마음이 바쁘다보니까 가쁜 숨까지 몰아쉬며 부랴부랴 303호 연구실 문을 민다.

'가만가만 있자, 그게?' 철제 캐비닛 쪽으로 급한 몸이 먼저 움직인다. 쇠 손잡이를 돌려 두 칸짜리 여닫이문을 열어보자 맨 아래 금고가 보인다. 안도의 숨을 내쉰다. 잠금장치가 되어 있는 둥근 숫자판을, 오른쪽으로 두 바퀴 돌린다. 다시 핸들을 힘줘서 왼쪽을 살짝 돌리다가 오른쪽으로도 손에 익숙한 탓에 쉽게 해결한다. 그런데 열리지 않는다.

'대체?' 투덜거리다가 몇 번을 거듭해도 똑같다. 이는 비밀번호가 틀렸다는 신호다. 머릿속이 하얗다. 혼돈의 시간 속에 그만 갇혀버리고 만다. 가만가만 호흡에 집중하면서 '비밀번호가?' 아니나 다를까? 문득 생각난 세 자리 숫자를 맞추자, 이내 삐꺽거리며 문이 활짝 열린다. 그녀가 찾고 있던 장방형 뚜껑이 달린 보석함은 그대로 놓여 있다. 화려한 매화꽃 무늬의 나전칠기 보석함은 조선 명장의 솜

씨인 양 영롱하게 빛을 발했다. 자기의 매화 줄기는 끊음질 기법으로 되어 있다. 꽃과 잎의 무늬는 주름질과 타찰기법을 병행해 제작되었다. 조선 중기 직업여성의 나전칠기다. 잠금장치는 나비 문양의 고리로 정교하다.

"미안해. 리 선배!"

그의 분신인 양, 나전칠기 보석함과 황금가면을 가슴에 품어본다. 보석함은 선배가 대학원 졸업선물로 그녀에게 준 것이다. 문양의 나비가 나풀나풀 그녀의 품에 안겨오는 듯했다. 조선시대 여성 명장의 솜씨다. 섬세함이 돋보인다. 리 선배를 그리워하다 공황 상태로 몸져누웠던 적이 여러 번 있었다. 그리움이 사무쳐서 아무것도 할 수 없는 시간속에 갇혔다. 대학원생 시절, 연구하다 지쳐 풀이 죽어 있으면, '나도 그랬어.', '누구나 다 그럴걸.', '너 성경에 나오는 달란트 비유를 생각해봐.' 그의 사려 깊고 다정다감한 목소리가 늘 곁을 지켜주었다.

"윤슬아! '세렌디파티'의 법칙을 알잖아? 행운은 최선을 다한, 쓰디쓴 고비를 마신 준비된 자에게 우연히 찾아오는 것이라는 사실을."

"선배가 겁주잖아? 고고학에 발을 들여놓기도 전에 문전박대를 당한 거야, 나?"

"사랑하는 후배를 알뜰살뜰 보살펴주는 걸로 좀 봐주면 안 될까."

"그래도 한 방향으로 계속 몰고 가면 무섭다고. 그러다 지칠까

봐."

그를 그리워하다보면 애절하고도 절대적인 사랑 앞에 '사랑은 미
안하다고 말하지 않는 거야'라는 〈러브스토리〉의 명대사가 지나간
다. 슬픔의 강 너머 울컥울컥 울음을 토하던 시절이 있었다. 한때는
위험한 독약이 손에 잡히듯, 숨쉬기조차 힘들었다. 그의 영정사진
속으로 도망치고 싶은 충동을 가까스로 참으며 살았다. 사랑이 이
렇게 절대적일 줄은 미처 몰랐다. 오늘처럼 풀기 어려운 미스터리
속에서 헤맬 때마다 그가 야속하다 못해 미워진다. 혼자서 걸어가
야 한다는 현실이. 고고미술사학자의 길이 이처럼 고달플지는 미처
몰랐다.

팔자 사나운 여인네가 된 것 같다.

그래서일까?

요즈음 주홍글씨 속에 갇혀 사라진 옛 여인들을 끄집어내는 작
업을 하고 있다. 그러다보면 그녀들에게 연민의 정까지 느낀다. 붉
은 낙인, '주홍글씨'는 여성을 얽매였던 굴레였다. 조선을 연구하다
보면 여자를 버린 슬픈 사실까지도 접하게 되고 그 버린 여자 중에
'환향녀'가 있다. 병자호란 때 청나라군에게 끌려갔다가 고향으로
돌아온 여인들을 말한다. 당시 청나라에 끌려간 포로만 60만 명인
데, 그중 여성이 50만 명 정도라고, 여성의 쓰임이 놀랍기만 했다.

2023년에 TV 드라마 〈연인〉에서 '환향녀 취급'의 현실을 보여주
었다. 병자호란 당시 청은 포로를 잡아갈 때 남녀노소 가리지 않았

다. 일부는 포로가 아님에도 납치해 데려가기도 했다. 이렇게 청으로 끌려간 이들 중 다수는 청인들에게 몹쓸 짓을 당했다. 그 치욕과 아픔에 스스로 목숨을 끊은 조선 여인들도 많았다. 어떻게든 살아남아 조선으로 돌아온 여인들도 있었다. 그 여인들을 두고 '환향녀'라고 불렀다. 세상의 차가운 시선과 맞서야 했던 그 여인들에게 자신의 남정네마저도, 말도 안 되는 원색적인 비난을 쏟아냈다.

"정절을 지켰느냐? 오랑캐가 물었다. 네가 조선 여인들을 망신시켰어!"

집 밖으로 내몰았다. 여자의 아버지는 딸의 치욕을 씻어주겠다며 한밤중 목을 조르기에 이른다. 드라마 속 여주인공은 자신과 하녀를 환향녀 취급하는 사내에게 당차게 따귀로 맞선다. 그것은 드라마일 뿐. 21세기에는 중요한 시청 포인트가 되었음은 말할 것도 없다. 사실을 꼬집자면 오랑캐에게 욕을 당한 건 여인들의 잘못이 아니다. 조선의 사내들이 자신들의 울타리를 공고히 지켰더라면 이 같은 사달은 나지 않았을 테니까. 그 시대는 사내들에게 돌아가야 할 불화살을 비겁하게도 연약한 여인들에게로 돌렸다. 절통하고 비참한 여인들에게 여자만이 지켜야 할 정조와 절개인 양, 남녀를 지독하게 차별대우했다. 타국에서 피 터지게 고생하고 그리운 고향으로 돌아온 여인네들의 설움 무게가 그녀들을 또다시 짓이겨놓고 말았다.

"누가 뭐래도 너희들은 더러운 몸이야."

당시 환향녀가 낳은 자식을 천하의 잔인한 사람들은 '후레자식'이라고도 불렀다. 배운데 없이 막되게 자라서 몹시 버릇없는 자를 일컫는 말로 지금까지 전해오고 있다. '후레자식', 그 말속에는 조선 여자의 슬픈 역사가 숨겨져 있음을. 같은 여자로서 목놓아 울고 싶은 충동을 느낀다. 누구는 감정이 지나치다고…, 정말 그럴까?

푸바오 영화 〈안녕 할부지〉가 뜨고 있다. '푸바오'는 '행복을 주는 보물'이라는 뜻이다. 단순한 동물원 인기스타를 넘어 대한민국 국민의 마음을 사로잡은 특별한 존재가 되었다. 한 생명체가 태어나 성장하고 또다시 새로운 세상으로 나아가는 생명의 연속성은 우리에게 울림을 준다. 이 또한 푸바오 가족과 사육사의 조건 없이 주고받는 애정과 믿음 때문일 것이다. 우리는 '푸바오'의 인기를 두고 지나치다고 말하지 않는다.

이에 비해 당시 '환향녀'는 힘없는 여인들에게 죄책감을 심어주려는 주홍글씨임에 틀림이 없다. 대를 이어 평생을 따라다니는 꼬리표, 이는 조선이 가문의 명예를 위해서라면 여인을 버릴 수 있었던 남자들의 시대라고 말할 수 있겠다. 치욕적인 삼배구고두례三拜九叩頭禮(세 번 절하고 아홉 번 머리를 박는)를 행한 인조. 그는 광해군을 몰아내고 집권한 왕이다. 병자호란을 당해 힘 한번 제대로 못써보고 두려움에 떨며 항복했다. 그 후 조선의 여성은 더욱이나 아무것도 아닌 존재가 되어버렸다. 양반이 아닌 하층민 계층도 마찬가지였다. 첩, 노비, 기생 등 그들이 당한 수모와 차별은 대단했다. 가해

자를 논할 때 사건 자체보다 그가 공신인지, 누구의 자손인지가 더 중요해보였다.

그 예로 권력을 가진 여자가, 약한 여자를 도와주는 2022년 TV 드라마 〈슈룹〉 이야기를 잠깐 옮겨본다. '슈룹'은 우산의 순우리말이다. 훈민정음해례본(1443)에 우산을 '슈룹'이라고 기록되어 있다.

"네 이년! 감히 상전에게 누명을 씌워서 관아에 발고해."

"누명이라니요? 도련님께서 저를 겁탈하지 않으셨습니까?"

"아직도 정신을 못 차렸구나. 뭣들 하느냐!"

"대체 무엇을 하는 짓입니까?"

"분명, 이 방자한 여종을 가르치는 중이니 상관 말고 가던 길이나 가시지요."

"가던 길을 가기에는 양쪽 말이 너무 다른 것 같아서 말입니다."

"겁탈을 당한 게 사실이냐?"

"여기 계시다간 다치십니다. 전 괜찮으니 가던 길이나 가시지요."

"나리께서 이 여인은 겁탈했다는 것이 사실입니까?"

"겁탈이라니요?"

"제대로 시시비비를 가려볼까요?"

"저 천한 것이 팔자 한번 고치겠다고, 내게 꼬리친 것이오. 색을 밝히는 저 천한 것이, 몸을 막 굴리는 계집이니 저 배 속의 아이도 내 아이가 아닌지 모르시오."

그때 여자가 당차게 남자의 따귀를 올려붙인다.

"내 이년! 내 몸에 손을 댔느냐?"

"그래 대었다. 여인을 겁탈한 것도 모자라 음해하고, 모욕하고, 또 다른 가해를 저지르고 있지 않으냐?"

"이년이 미쳤다. 뭣들 하느냐?"

하인들이 몽둥이를 들고 나타나자, 그때 상전을 모시던 자가 참견한다.

"멈춰라. 궁전마마! 괜찮으시옵니까?"

"죽을죄를 지었습니다. 용서해주십시오."

"틀렸습니다. 용서를 빌 대상은 제가 아니지요."

— 드라마 〈슈룹〉 중에서

실로 통쾌한 대사다. 매번 사이다 맛으로 인기는 절정에 올랐다. 하지만 당시 양반 여인 역시 다르지 않았다. 지아비가 정치판 회오리바람에 엮어 줄이라도 잘못 서면 온 집안이 역모죄를 뒤집어썼다. 관노비가 되거나 귀양지에서 사약을 받고는 힘없이 죽어갔다.

어디 통곡할 일이 그뿐이었겠는가?

혁신을 꿈꾼 강릉에서 태어난 남매의 이야기는 더더욱 가혹하다. 여덟 살에 지은 조선 여인의 글재주는 단연 돋보였다.

노을 위의 은빛 창문에서 구만리 희미한 세상을 내려다보고, 바닷가 문에서 삼천 년 상전벽해를 웃으며 보고 싶다. 손으로 하늘의 해와 별을 돌리고 몸소 구천의 바람과 이슬 속을 노닐고 싶다.

— 허난설헌 「군계일학群鷄一鶴」

딸에게 서책을 읽히고 사랑방에 불러내어 시를 짓게 하고 사서삼경을 읽게 했다. 범상치 않은 딸임에 틀림이 없다. 16세기 중반의 사회상으로는 가당치도 않다.

푸른 바닷물이 구슬 바다에 스며들고碧海浸瑤海
푸른 난 새는 채색 난 새에게 기대었구나青鸞倚彩鸞
장용꽃 스물일곱 송이가 붉게 떨어지니芙蓉三九朶
달빛 서리 위에서 차갑기만 해라紅墮月霜寒

— 난설헌 「몽유광상산시夢遊廣桑山詩」

초희의 스물일곱 번째 생일날이다.
깊은 잠에 빠진 그녀를 구해야 한다.
그녀의 동생 균, 목소리가 환청처럼 따라왔다.
"우리 누님은 오호라! 살아서는 부부 사이가 좋지 않더니 죽어서도 제사를 받들어 모실 아들 하나 없다. 아름다운 구슬이 깨어졌으니 이 슬픔이 어찌 끝나리."

그녀는 마법사의 주술대로 건넌방 수틀 바늘에 찔려서 사백오십 년 동안 깊은 잠에 빠져 있다. 잠에서 다시 깨어날 때까지….

'무덤 속 유폐된 영혼을 승천시켜주지 않으면 안 돼!'

잠결에 발버둥치다가 눈을 떴다. 연구실 소파에 기대어 잠이 든 것이었다. 가끔 있는 일이다.

어느새 새벽이 오고 있었다. 여명 속으로 주변의 대지가 맑은 영혼의 기氣로 가득하다. 마치 서울국립미술관이 영적 공간에 있는 듯한 착각마저 일으킨다.

갑자기 북악산 선홍빛 줄기가 쏟아졌다.

그 빛살 사이로, 여인이 안개 발에 휘감겨 있다. 산자락의 하얀 철 쭉꽃 가시덤불에 휩싸여 있는 그녀의 육신이 사그라짐을 지켜본다.

'아흐! 이 모두를 어찌할거나?'

조선 두 여류작가의 부활을 기대하다가 눈 오는 날, 어처구니없다. 아스라이 보이는 저쪽 피안의 세계를 넘놓고 바라보아야 할 형편이다. 한국 고고미술사학 학회지에 보고할 연구 주제까지 획~ 공중으로 분해되고 말았다.

2장
리몽李夢 카페

리몽李夢 카페

　　영동고속도로를 달려 대관령 고갯마루에 오르자, 멀리 동해가 눈 아래 병풍처럼 펼쳐져 있다. 그곳의 옅은 바닷빛 숲속으로는 반딧불이의 작은 도시 강릉이 보인다. 대관령 아흔아홉 굽잇길을 넘자 도시의 불빛들이 점점이 차창 밖으로 반짝인다. 헤드라이트를 켜고 네비게이션이 가리키는 방향으로 들어서자 눈발이 간간이 날리고 있다.

　　마침 경포로 가는 네거리 도로표지판에 '선교장'이라 쓰여 있다. 안도감과 함께 다행히 목적지는 다 온 것 같다. 바람결에 날리는 눈발에 먼 들판이 하얗게 덮어져 가고 있다. 붉은 벽돌 성당의 솟은 지붕도 새하얀 눈송이를 뒤집어쓰고 들판 한가운데 서 있다. '오죽헌' 담장 너머 검은 대나무와 소나무 숲에도 눈꽃이 독특한 매력으로 눈길을 끈다.

　　핸들을 꺾자, 멀리 한옥의 아름다운 기와 선이 눈에 들어왔다. 평창휴게소에서 잠시 쉬면서 네이버 지도 검색창에다 '한옥마을'을 입력했었다. 하루 숙박할 장소를 찾기 위해서였다. 사각 모양의 청사초롱 가로등이 줄지어 불을 밝히고, 멀리서 오는 손님을 반기는 훈훈함까지도 선사한다. 선교장 정문을 지나 작은 언덕 위 리몽李夢 카폐 주차장에다 차를 세운다.

'얼마 만인가?' 시동을 끄고 차 안에서 선교장 아름다운 풍광을 내려다본다. 솟을대문과 행랑채, 사랑채의 중문을 지나 안채의 모습까지도 훤히 들여다보인다. 사대부댁 조선 여인네 일상까지도 보이는 듯하여 달뜨고 긴장되는 애절함 외에 그 무엇이 있다.

윤슬의 상상력이 동원된다.

강릉 선교장이 그 옛날 한성부 건천동, 허엽 본가本家로 몸을 바꾼다. 허엽은 서경덕과 이황의 문하에서 수학했다. 아득한 길을 따라 먼 데서 말갈기를 휘날리며 도포 자락에 갓을 쓴 초희의 스승 이달이 찾아온다. 그는 말안장에서 내려 말의 고삐를 잡고는 솟을대문 앞에서 소리친다. 하얀 도포 자락이 눈바람에 펄럭인다.

"이리 오너라. 이리 오너라."

귀가 밝은 부엌댁 유모가 그를 먼저 알아차린다. 행랑살이 명주실 잣는 물레질 소리로 초희 아기씨를 갓난아기 때부터 어루만지며 보살폈다. 그 정성으로 지켜보았기에 누구보다 아기씨에 대한 정이 남다르다. 젊은 행랑어멈 머리카락도 한 올 두 올 희어지더니 여자 팔자 뒤웅박이라 모진 목숨 어이할까나. 집안이 몰락하면서 어린것들 데리고 허기져 허씨 사대부댁 문간방 들던 날, 인정 많은 마님께서 시렁 위 이불채를 얹어주셨다. 행랑채 김 서방도 디딜방앗간에 쌓아두었던 장작을 지게로 지고 나오다가 덩실덩실 반긴다. 지게

작대기로 나무 짐을 마당 귀퉁이에 세워놓고는 발 빠르게 솟을대문 쪽으로 달려간다. 드디어 삐걱거리며 대문이 활짝 열린다. 허리를 굽혀 환하게 인사하는 아랫사람의 모습이라니. 집안은 환한 손님들의 방문으로 활기가 넘쳐난다.

"어서들 안으로 드시지요."

손님의 발소리가 유난히도 가볍다. 그때 안방 여닫이문이 한쪽으로 살며시 열린다. 콧날이 우뚝 솟은 짙은 눈썹의 초희가 손님의 방문을 알아채고는 은근히 미소로 반긴다.

"어머니! 스승님께서도 오셨나요?"

오라비들의 책갈피를 기웃거리며 배우고 즐겨 읽고 쓰는 반가움에 눈시울이 붉어진다. 안채 여인네들의 말소리는 바람결에 자잘하게 묻히고, 말고삐를 건네받아 마구간으로 말을 옮기는 행랑아범의 발소리와 말발굽 소리가 잦아든다. 바깥채 등잔불에도 불꽃이 미끄러지듯 옅은 어둠을 밀어내고 있다.

동인의 명문가 젊은이들이 시국을 논하거나 토론을 하기 위해 별채에 한가득 모여들 있었다. 기실 토론은 문제의 사실을 확인하고 논리와 이치를 따지며 바르게 이해하는 데 주로 사용되었다. 당시 동서분당으로 시국을 논하는 것은 대단한 일이었다. 청사초롱 빛줄기는 눈바람에 이리저리 잔잔히 흔들리면서 희부옇게 흐려진다. 유모였던 행랑어멈은 아리따운 초희의 내밀한 마음까지도 엿보고 싶어한다.

손님은 별채로 들어가고….

행랑어멈의 기억 속에 '불꽃놀이'가 새록새록 피어나고 있다. 까만 밤하늘에 펼쳐지는 아름다운 불꽃놀이를 옛사람들은 '관화'라고 불렀다. 불꽃놀이의 시작은 수많은 불화살을 동원산에 묻어놓는 것부터였다. 다음 화살에 불을 붙이면 수많은 화살이 하늘로 튀어올라 터질 때마다 소리가 났다. 그 모양은 마치 유성과 같아 온 하늘이 환했다. 동인의 명문가 젊은이들과 온 가족이 궁궐 가까운 산언덕에서 '불꽃놀이'를 구경하게 되었다.

그날 묘하게도 초희의 스승, 이달도 함께였다.

포도가 달리는 형상을 짖기도 하고
온 밤을 온통 빨간 철쭉꽃밭으로 만들어놓네.

붉게 떠오른 신기루 대는 보일락말락 하고
번갯불은 천지 사이를 빨갛게 타올라 횡행하네

서로가 시로 주거니 받는다. 분위기가 즐거움으로 고조되자, 초희가 허심탄회하게 스승님께 여쭙는다.

"스승님! 꿈이 있으면 말씀해주십시오."

이달은 불화살이 공중에서 터지는 소리를 들으며 호탕하게 말한다.

"그 꿈! 거창한 이상 같은 건 버린 지 오래다."

"사내대장부라면 가슴에다 품어야 한다고 생각합니다."

조선시대 스승과 여제자와의 솔직 담백함이란 실로 들을 만하다.

"아서라. 꿈 같은 것은 서출 아닌 인간들이나 좋아하는 말이다."

"네?"

초희는 금시초문이다. 스승의 입에서 서출 이야기가 나올 줄은 몰랐다. 깜짝 놀랄 말을 스승에게서 듣고 보니 참으로 기가 막혔다.

"물론 사람답게 살고 싶다는 꿈, 연약한 꿈 하나 안고는 있지."

"그게 무엇입니까?"

초희의 호기심이 다시 발동한다.

"원하는 책을 보고, 만나고픈 이를 만나는 거."

"어쩜. 저하고도 비슷합니다, 스승님!"

"너도 그렇게 소탈하냐? 허허허!"

"네. 여자로 태어났지만, 하고 싶은 일을 하며 내 의지대로 사람답게 살고 싶다는 다부진 꿈! 하나는 있지요. 성차별 없는 세상 말입니다."

"뭐라! 이상향 같은데…."

"어째서지요? 스승님!"

"일찍 피할 수 없는 신념은 속된 것이라고 믿고 있기 때문이다."

"네?"

"조선에는 희망이 없고 내 사랑마저도…."

계속 말끝을 흐리는 스승을 보면서도 초희는 멈추지 않았다. 기회란 항상 존재하는 것이 아님을 잘 알기 때문이다.

"사려 깊은 스승님께서 어찌 이리도 섭섭한 말씀만 하십니까?"

이달은 제자가 섭섭하다는 말에 잠깐 고민하다가 속얘기를 꺼낸다.

"조선은 사대부에 의한, 사대부를 위한, 사대부의 나라다. 백성이 아무리 고통이 가중되더라도 사대부들은 자신들의 이익을 절대 양보하지 않는 데 있지. 백성들에게 희생을 강요할 뿐. 사람을 등용하는 데에도 문벌만을 따지기 때문이다."

"백성들에게 희생을 강요하다니요? 사대부들이? 금시초문입니다."

초희는 조선에 대해 알아갈수록 이해되지 않는 부분이 속속 드러나고 있음을 깨닫는다. 모든 게 의문투성이다.

"그 대표적인 것이 사대부들의 '상소'이다. 사대부들은 누구나 왕에게 상소를 올릴 수 있다. 이들의 상소에 대해서 왕은 반드시 비답을 내려 답을 해야 한다는. 그래서 왕은 신하들이 반대하는 정책을 왕이 일방적으로 추진하는 것을 부담스러워해. 만약에 왕이 목표한 어떤 정책을 추진하려 할 때는 반드시 뜻이 맞는 신하에게 밀지를 내려, 먼저 상소를 올리게 하는 형태를 취하고 있어."

"상소문에 비답이라? 오라버님께서 말씀하던 왕의 정통성 문제도 같은 맥락으로 보면 되는지요? 정통성 없는 왕은 집권 내내 열등의

식에 시달리는 이치와도 일맥상통하겠습니다."

"아서라. 여성이 정치 이야기는 삼가야 한다."

초희는 삼가야 하는, 그 이유를 알지 못했다. 순간 불꽃이 펑펑 소리를 내며 하늘에서 터졌다. 일순 세상천지가 훤했다.

"그보다 서자라는 이름의 슬픔이 얼마나 고통스러운지 네가 알리가 없지? 우리 같은 서자들에게는 과거제도가 존재하지 않아. 한번도 정정당당하게 남들과 견주어볼 기회조차 없다는 것이? 기생을 어머니로 둔 서출인 내 신세가 안타까울 뿐이야."

그는 말을 더 잇지 못했다. 불꽃은 둘의 마음을 아는지 모르는지? 더욱 빛나고 화려했다.

"스승님! 저 또한 백성들에게 골고루 혜택이 돌아가는, 계급이 없는 세상으로 하루 빨리 바뀌었으면 좋겠습니다. 스승님에게도, 여성에게도 열린 세상 말입니다."

"열린 세상이라? 거참 대단한 발상이다, 만."

초희는 말 나온 김에 품은 생각을 다 옮기고 있었다. 버릇없다 할지라도 그게 뭐 문제라고? 스승님에게 말씀을 못 드리면 그 누가 있어, 당당해지기로 작정했다.

"대체 칠거지악七去之惡이 무엇입니까? 여자가 시집가면 시부모에게 순종해야 하고, 아들을 낳지 못하거나 남편의 다른 여자를 질투하거나, 병에 걸리거나, 말이 많은 경우 시집에서 내쫓아도 좋다는. 마치 여자를 도구화하고 사물화시킨 규정이 아니고서야? 삼국시대와 고려까지 지속되던 남녀의 관계가 조선으로 오면서 주종의 관계로 변질해버렸으니, 개탄할 노릇이 아니고 무엇입니까?."

"듣고 보니 구구절절 맞는 말이긴 하다만, 아서라 잊어야 한다. 잊어야 해. 세상 사람들에게 몰매 맞을 소리다. 양반댁 유생들 구경만 해도 난 재미나. 터무니없는 욕심까지는 염치가 없어."

"스승님께서 체념은 무기력을 낳는다고? 가르치지 않으셨습니까?"

"허허! 그렇다고 해도. 지금은 좋은 벗이 있다는 게 행복해. 서책을 읽고 시국을 논하고…."

"그게 뭐 대수라고?"

초희가 코웃음으로 대담하게 받아친다. 이달은 여제자의 옆모습을 힐끗 쳐다보다가 기분 좋게 웃어보인다.

"허허허 초희야! 욕심은 금물이라 했다. 명문가 자녀로 태어난 걸 감사해야 해. 혁명가적인 생각은 애당초 하지 말아라. 여성으로서 삶이 고달파질 뿐이야. 이 스승은 네가 행복하기를 바란다. 명문가의 집안을 따라가면 대대로 권력을 잡아온 명문가 집안의 자제들이야. 글 잘하겠다. 집안 좋겠다. 몸 되겠다. 머리 또한 비상하겠다. 직관력 또한 대단해. 그들은 사대부로서 손색이 없어."

"저는 아버님과 오라버니들의 올곧은 생각 속에서 자랐습니다. 이 시대 열린 사고가 얼마나 필요한지 스승님께서도 잘 알고 계시지 않습니까? 어떻게 이 나라 지식인으로 모른 척한단 말입니까?"

이달은 계속 말을 주고받다간 큰일날 것 같아 말을 돌린다.

"양반댁 유생들은 간혹 생각과 느낌이 서로 충돌하면 갈등만 하지. 그런데 허씨 집안 자제들은 즉시 행동으로 옮긴다는 게 다른 양반 자제와 다르다면 아주 달라. 그것이 항상 나로서는 큰 걱정이다."

"아마도 자유분방한 저희 허씨 가문의 내력 때문일 거예요."

"잘 안다. 잘 알고 말고."

대화 내용으로는 진취적이고 현실적이고 날카롭기 짝이 없다. 경청하다보면 상당한 지적 수준임도 짐작하게 된다. 물론 매우 위험한 사고라고. 당시 민중 혁명을 꿈꾸는 서구화에 물들었다고 비판할 작자도 있겠다. 하지만 양반 출신의 행랑어멈도 긴 한숨을 거두지 못한다. 양반집 자녀로 큰 변을 당하고 지금은 노비가 된 사람이다.

윤슬은 그 옛날 한성부 건천동, 허엽 본가本家에서 다시 몸을 바꾼다.

강릉 선교장, 현실 세계로 돌아온다.

한참을 주차장에서 450년 전, 허씨 집안의 내력을 훔쳐보다가 차에서 내린다. 왠지 쓸쓸함이 더욱 묻어난다. 리몽李夢 카페는 선교장 안 부속 건물이다. 마당에 하얗게 덮인 눈을 조심스레 밟고는 카페 미닫이문을 밀고 안으로 들어선다.

"어서 오세요?"

늦은 시각임에도 주인장이 반기는 훈훈한 인심으로도 고맙다. 벽난로에는 장작이 타닥타닥 소리를 내며 타고 있다. 한옥에다 현대식 내부 인테리어를 가미했다. 원탁마다 작은 등잔들이 여린 빛을 밝히고 있다. 불빛의 부드러운 기운이 빈자리마다 잔잔하게 흐르고. 낯설지 않아 좋다.

뒤뜰은 검은 대나무로 울타리를 쳐놓았다. 눈 오는 날, 건물 전체가 주는 온화함이 있다. 등받이가 둥근 의자에 기대자, 어젯밤을 설친 탓인지 긴장이 풀리면서 피로가 밀려왔다. 바깥 풍경이 격자형 문살 통유리창으로 희미하게 내비친다. 여전히 전망 좋은 집이라는 인상을 준다.

그 옛날을 더듬는다.

"이곳 선교장은 그 옛날 관동팔경과 금강산을 구경하기 위해 수많은 시인 묵객이 드나들었던 곳이야. 저기 보이는 행랑채는 서화를 표구하는 장인들이 상주했었어."

"리 선배는 대단한 집안에서 태어났네."

"사람 놀리는 것처럼 말하는 게 아니야. 나는 너에게 약간의 설명을 곁들일 뿐이야."

미안했다. 나중에 알게 된 사실은 선교장 주인은 수많은 사람이 굶주림으로 죽어갈 위기에 처하자, 수천 석의 곡식을 가져다 주민들을 구했다는 미담도 전해지고 있었다. 염전사업으로 벌어들인 자금으로 일제 강점기 독립운동에 다 쏟아부었다는. 지금 생각해봐도 약간 비꼬는 말투로 반문한 것이 부끄럽다.

주인장이 다가온다.

"먼 데서 오신가봅니다."

'그가 몹시도 그리워서요?' 속내를 내비치지 못하고 머뭇거리자, 차림표를 내민다. 오색 다식과 차를 시킨다. 아직도 사대부댁 전통 과자, 오색 다식이 있는 것으로도 위안이 된다. 지난 날 오색 다식이 나오자 그가 설명을 곁 들었다.

"내 고향 강릉사람들은 다식을 즐겨 먹었어. 오미자, 단호박, 잣, 흑임자 가루로 만들어. 천연 꿀을 넣어 반죽하여 일정 시간 자연 숙성시키거든. 그런 다음 박달나무나 대추나무로 제작된 무늬가 새겨진 다식판에다 찍어내 명절이면 이웃끼리 서로 나누어 먹곤 했어."

"그러니까. 이게 전통 과자라는 이야기죠."

그가 고개를 끄덕이며 먼저 동그란 다식을 권했다.

"입안에서 천천히 녹여 먹어봐."

그 옛날처럼 흑임자 다식에 손이 먼저 갔다. 은밀하게 입안에서 녹여 먹으니까 고소한 깨맛이 올라왔다. 김이 모락모락 나는 설록차와 함께 마시니 찰떡궁합이다. 고지대 찻잎을 숙성시키는 설록차 과정에서부터 불현듯 '조선 사대부댁, 눈 오는 날'로 옮겨온다.

가부장 중심의 성리학적 이념체계 안에서 조선의 딸들에게 신은 무엇을 남겼을까? 가만히 짚어본다. 우주의 비밀로 통하는 격자무늬의 창틀은 무질서 속에서도 질서정연하게 놓였기에. 눈을 잠시

감는다. 호흡에 집중한다. 마음에 평화가 깃들자 난데없이 그의 목소리가 들린다.

"윤슬아! 아무리 부정적인 감정이 휘몰아쳐도 긍정적으로 승화시켰으면 좋겠어."

불쑥 화가 치민다.

"뭐야. 리 선배! 천상계에서도 날 가르치려들어? 오매불망 기다리던 조선 여류작가의 고서화가 뭉개졌는데도, 가능키나 해."

가깝다는 이유로 선배에게 반말까지 튀어나오고 말았다. 무안했다. 눈길을 활래정 연못으로 향하자 연꽃 대궁의 꺾인 자리마다 모스 부호로 그려지고 있다. 모스 부호가 의미하는 것은 대체 뭘까? 의문부호가 꼬리를 물고 일어난다. 배롱나무 가지에 핀 하얀 얼음꽃은 알까? 가옥의 안채와 격리된 활래정을 지나자, 희뿌연 경포호수가 눈앞에 떠 있다. 바닷가 초당마을이 동양화로 그려지고. 리 선배의 환청이 또다시 따라온다.

"옛날에는 여기 선교장 정문까지 경포호였어. 배로 다리를 만들어 호수를 건너 바닷가로 다녔지. 특히 아침에 고깃배들이 풀어놓은 고기들을 머리에 이고들 줄지어가던 여인들의 풍경은 대단했어. 게다가 경포호 가장자리에는 마을 처녀들이 치맛자락을 허리에 질끈 동여 묶고 소쿠리 하나씩 들고 들어가 부새우를 뜨기도 했거든. 부새우! 그 자디잔 부새우를 깨끗이 씻어 물기를 빼고, 밥 뜸들일 때 얹어 알맞게 익으면 예쁜 보라색으로 변해. 그것을 하얀 밥 위에 듬

뿍 얹어놓고 양념장에 비벼 먹으면 얼마나 맛있게?"

선배의 추억을 떠올리자, 군침이 돈다.

선교장 언덕 위 리몽李夢 카페에서 멀거니 '대궐 밖 조선 제일 큰 집'을 내려다보는 감회가 새롭다.

어느새 밖에는 어둠이 드리우기 시작한다. 밖으로 나오니 다행히 길손을 반기는 낮은 가로등 불빛이 숙소로의 길을 안내하고 있었다. 부랴부랴 따뜻한 물로 샤워하고 온돌방에 피곤한 몸을 누이자 곧 잠이 들었다.

그런데 잠결에 잿빛 무리의 두루미가 얕은 호숫가에서 잠들어 있다. 사방은 시린 풍경이다. 호수마저 쩡쩡 얼어붙는 겨울밤이다. 밤이 깊어갈수록 외다리로 온몸을 맡긴 채 웅크리고 자는 두루미 생각에 자꾸만 눈이 시리고 발목도 시려왔다.

다음날 창으로 해가 붉게 떠올랐다.

서둘러 자리에서 일어나 초당두부로 아침 식사를 했다. 영동고속도로를 달려 직장이 있는 서울국립미술관 주차장에 도착했다. 멀리서도 건물 벽 위아래로 휘장이 눈에 띄었다.

'천경자 특별전 컬렉션'. 천경자는 환상적인 세계관을 결합한 짙은 색채의 채색 화가로 유명하다. 미술관 입구에서부터 관람객들이 〈미인도〉를 보기 위해 줄을 서고 있다. 예술을 사랑하는 사람들의 진풍경이라니! 오랜만에 반갑다. 차에서 내린다. 연구실로 통하는 보도블록을 밟는다.

"또각또각!"

하이힐 소리가 유난히 크게 들린다. 앙상한 겨울나무 가지를 뒤로 하고 누군가 그녀를 부른다.

"연구사님!"

여직원 길아름이다. 반가움이라니, 뒤를 돌아본다.

"잘 다녀오셨어요? 가신 일은요?"

긍정도 부정도 아닌 부드러운 표정으로 얼버무린다. 계단을 이용하여 3층 연구실로 발걸음을 옮긴다. 의아한 표정으로 뒤따르던 아름이가 잽싸게 연구실 문을 열어준다.

"내가 생각할 것이 있으니 엊그제 부탁한 강릉 두 분 여류와 관련된 서적 목록을 내일 오전 중으로 알려주실래요."

그녀는 가볍게 인사를 하고는 조용히 연구실을 나간다. 따끈한 차를 마시고 싶다는 간절함이 온몸으로 전해온다. 전기주전자에 물을 끓인다. 찻물이 끓는 동안 회전의자에 몸을 누이고 의자를 돌려 경복궁이 내다보이는 궁궐을 본다. 어제까지 내리던 함박눈이 멈췄다. 구름 한 점 없는 바다 같은 푸른 하늘이 내비친다. 찻물이 끓는 소리가 멈추자 얼그레이 잎을 찻잔에 넣는다. 끓인 물을 찻잔에 8부 정도 붓는다. 오렌지빛이 우러날 때까지 기다린다. '얼그레이'는 홍차 중에서도 유럽에서 가장 널리 알려진 차다. 생각의 실마리나 해법을 찾고자 할 때는 차를 마시면서 창밖을 보며 묵상 시간을 갖는

게 습관이 되었다.

　때로는 조용한 궁궐 산책을 하면서 혼자만의 시간을 통해 난제를 해결하곤 한다. 따끈한 얼그레이 차를 한 모금씩 마시며 코끝에 스미는 특유의 감귤 향을 맡는다. 찻잎 속에 숨어 있던 수많은 맛과 향이 하나씩 깨어나는 순간들이다. 사라진 조선 여인의 산수화를 찾다가 먼발치에서 눈 오는 날, 선교장과 오죽헌 검은 대나무 숲에 내리는 눈송이만 보고 왔을 뿐이다.

　또다시 계절이 오고 있었다.

　수양벚꽃 가지가 경회루 호수 위로 축축 늘어져 운치가 색다르다. 호수 주변으로 쌍쌍의 연인들이 사진을 찍고 있다. 가만가만 연구실 열린 창으로도 훅~ 벚꽃 향이 살아나면서, 봄 꽃향기에 취한다.

　콧노래를 흥얼거리자, 벚꽃 향이 짙은 남녘 바닷가 마을의 작은 장터가 훅~ 되살아났다. 둘이서 함께 갔다. 섬들이 올망졸망 떠 있는 남해 바닷가였다. 벚꽃이 봄바람에 잔잔히 흔들리고, 파도가 찰싹이는 길 사이로 각종 공예품가게가 늘어서 있었다. 전문작가들이 수공예품들을 선보였다. 반지, 목걸이, 귀걸이, 팔지 등을 파는 가게다. 액세서리, 각종 도자기, 향 비누, 직접 수놓은 빈타지 가방, 나무 공예품 상점들이 양쪽으로 늘어서고 예전에는 보지 못한 풍경들이다. 바닷가 풍경도 어느새 서구화되어가는 분위기였다. 작은 전구가 나뭇가지마다 반짝반짝 빛을 발한다. 자신들의 소품을 파는 소규모 가게가 운영되고 있었다.

벚꽃길을 둘이서 손잡고 공예품 가게를 구경했다. 그러다가 마지막 가게까지 오고 말았다. 뜻밖에 '타로 카페'가 자리하고 있었다. 둥근 원탁에 분위기 있게 색색의 카드를 전시해놓았다. 카드의 그림이 매우 유혹적이라 발걸음을 멈췄다. 예쁘장한 젊은 여인이 미소를 머금고는 반긴다.

"당신들의 앞날이 무척 흥미로울 것 같은데요."

한마디 던진다. 사람의 마음을 사로잡기 위한 술책인지 알면서도 왠지 귀가 솔깃해져서 서로의 얼굴을 마주 보았다.

'앞날이라? 미래 퍼즐도 맞출 수 있다는 거야? 뭐야?' 반신반의하면서 선배의 손을 잡아끌었다. 타로는 전 세계 어디서나 똑같은 체계를 이루는 78장의 카드를 이용하는 점이라는 사실은 이미 알고 있었다. 직접 해본 적은 없기에, 상식적으로 22장으로 이루어진 메이저 아르카나 카드는 자기 내면의 큰 모습을 표현한다. 마이너 아르카나 카드는 작은 흐름을 뜻하고, 사소한 일들, 작은 사건들까지도 카드로 점칠 수 있다. 타로Tarot는 서양에서 오컬트적 상징 및 점술을 위해 널리 쓰이는 도구의 일종이다. 우리나라에서 대중화된 지 몇 년 되지 않았다. 갑자기 호기심이 발동했다. 다른 카드와의 연결고리가 궁금하던 터라 흥정을 시작했다.

"계산은 어떻게?"

"현금이면 더욱 좋지요."

역시 현찰이 중요했다. 22장의 카드를 바닥에다 놓고 양손으로 원을 그리며 섞고는 하나로 모았다. 모은 카드를 아치형으로 바닥에 쌓고는 서로서로 섞는다. 다음은 카드의 뒷면이 위로 향하게 한 후 원탁 위에다 반원을 그리면서 카드를 쫙 펼쳐 보였다. 무슨 요술을 부리는 듯 빠른 속도로. 카드의 순간이동이 대단했다.

"여기 메이저 카드에서 석 장을 뽑아보실까요."

이크! 무슨 일이 미래에 벌어질지 몰라 가슴이 두근거렸다. 무슨 '두려움까지?' 몹쓸놈의 강박관념이다. 크게 심호흡하고는 한 장씩 조심스럽게 뽑아 원탁에다 올려놓았다. 마스터가 카드를 한 장씩 뒤집자 1 광대, 7 전차, 2 여사제 카드가 나왔다.

'도대체 이 카드들은 무엇을 의미할까?'

마스터는 상대의 마음을 읽기라도 하듯 내면의 큰 그림을 하나하나 짚어가며 설명을 해주었다,

"광대 카드는 새로운 출발을 의미합니다. 당신은 새로운 자아를 찾기 위해 여행을 떠나고 싶어합니다. 배낭은 아주 작아요. 가진 것은 별로 없지만 순수함을 나타내는 백장미를 손에 쥐고 있군요. 과감하게 도전하라는 암시로 받아들여도 좋아요."

족집게 도사가 따로 없다고 생각하면서도 괜한 짓을 시작한 게 아니라는 확신이 생겼다.

"전차 카드군요. 검은 색과 흰 색 스핑크스가 전차 앞에 앉아 있네

요. 호출하면 전차를 끌 준비가 되어 있다는 증거예요. 이 이야기는 서로 궁합이 잘 맞아떨어진다고 보면 됩니다."

궁합이라는 말에 서로 마주 보았다. '천생연분이라니?' 윤슬은 속으로 다행이라며 좋아했다.

"여기 2 스핑크스들은 성공하기 위해서는 지휘하고 제압해야 하는 반대세력을 상징합니다."

'이크!' 겁이 살짝 났다.

"인생이란 원래 그렇죠. 마지막 카드를 한번 봅시다. 여사제가 나왔습니다. 고위 여사제는 사원의 입구에, 보아스Boaz와 야킨Jachin을 상징하는 머리글자인 B와 J가 새겨진 두 기둥 사이의 공간에 머물고 있어요. 세상에는 거짓말과 조작으로 가득차 있으니까. 자칫 교만함에 빠져 세상의 속임수를 꿰뚫어보지 못한다면 큰 사고를 당할 수도 있겠어요. 하지만 여기 여사제는 당신 잠재의식의 수호자라고 보면 됩니다. 최고 위치에 있는 인물이니까, 조금도 두려워할 필요는 없어요."

속임수라는 말로 서로에게 불안을 심어주었다가 수호자까지 붙어주고는 다시 안도까지를. 거듭 기분이 묘해졌다.

"여기 카드 위에 로마 숫자 2가 표시된 게 보이죠. 숫자 2는 수비학에서 균형이나 이중성을 의미해요. 흑과 백, 삶과 죽음, 안과 밖, 내면과 외면 등의 대립을 뜻합니다. 하지만 여사제가 말하듯 직감을 믿고 추진하다보면 문제해결이 빠를 수도 있지 않겠어요. 믿어

봐요, 자신들을!"

마스터는 빠르게 손을 바꿔갔다.

"이제 마이너 카드로 이동합니다. 신비의 카드라고도 부릅니다. 큰 관점에서 조그만 사건들의 흐름을 알아보는 카드라고 보면 쉬워요. 네 가지 과정을 살펴볼 겁니다. 한 장씩 뽑아보세요."

순번으로 정해진 카드를 둘이서 번갈아가며 한 장씩 뽑아서 원탁 위에 올려놓았더니 설명이 이어졌다.

"여기 지팡이는 창의적이고 예술적인 능력을 상징합니다. 다음 컵 에이스는 물의 속성을 지니고 있습니다. 컵에 있는 M자 모양은 성경에 나오는 마태복음과 히브리어로 물을 의미합니다. 찾으신 10번 카드는 긍정 카드 중 하나입니다. 당신의 인생은 감정적이고 풍요로우며 완전한 성취감을 느낄 수 있어요. 무지개는 평화와 행운을 상징하니까요."

윤슬 알기에도 성경에서 지팡이는 모세의 지팡이로 하나님의 뜻을 전달하는 도구로 사용된다. 원래 목동이 양을 치던 모세 장인어른의 지팡이였으나, 하나님께서 그것을 '하나님의 지팡이'로 만들어 바위에서 물을 생성하거나 뱀으로 변하는 등 여러 기적을 이루는 데 사용되었다. 그래서 제자들에게 길을 떠날 때 지팡이 외 아무것도 가지고 가지 말라고 이르셨다. 여기서 지팡이는 자신이 지닌 창의적이고 예술적인 능력을 상징한다는 설명을 곁들었다. 다음으로 검 에이스로 카드를 뒤집자 해석이 따랐다.

"왕의 오른손에는 위를 향한 검을 들고 있고, 왼손은 무릎 위에 올려놓아져 있습니다. 앞으로 닥칠 도전에 당신이 확고한 의지로 직면할 필요가 있다고 합니다. 왕의 왼쪽에는 두 마리의 새가 땅 위를 바라보며 나란히 날고 있지 않습니까? 이는 더 큰 그림을 살펴보라는 의미를 포함하고 있습니다. 총체적인 문제의 관점에서 볼 때 두 분은 차분하고 냉정하고 단호한 편이니까 모든 게 가능해 보입니다."

카드 해석이 끝나자 괜히 시간 낭비는 한 게 아닌지 잠시 생각했다. 모든 상황에 들어맞게 만든 긍정 카드라는 궁금증만은 풀렸다. 이미 많은 시간을 마스터에게 빼앗겼다. 모든 것이 가능하다는 '타로 카페'를 뒤로 하고 리 선배가 이끄는 손을 잡고 남해 벚꽃길을 1박 2일 코스로 다녀왔다.

그때 둘은 앞날이 몹시도 궁금했다.

3장
고고학의 폭풍주의보

고고학의 폭풍주의보

오월 '꽃분홍길'을 시작으로 서울이 따뜻해지고 있었다.

경복궁 연경당 앞 흐드러진 겹철쭉 틈으로 괴석을 나무처럼 기댄 키 작은 연분홍 꽃들의 운치가 유별나다. 아름이가 연보랏빛 블라우스에 청바지 차림으로 꽃분홍길 따라 출근하고 있다. 발걸음도 가볍게 걷고 있는 그녀가 오늘 따라 더욱 돋보인다.

공문을 들고 연구실 문을 노크한다.

"유월에 계획된 〈젊은 죽음들〉이군요."

서용선 화백의 회고전이 곧 있을 예정이다. 그는 '단종애사'의 작가로 유명하다. 17살에 사약을 받은 단종의 비극을, 조선 최고 불운의 단종비 정순왕후 송씨도 표현했었다. 정순왕후는 15세에 왕비가 되어 18세에 단종과 청계천 영동교에서 영이별하고 노비로 강등되어 비참한 생활을. 그 사실까지도 내밀하게 정사에 입각한 이야기를 묘사하는 것에 만족하지 않았다. 단종 폐위를 둘러싼 역사적 인물들 간의 심리적 갈등과 더불어 관찰자의 심리적 긴장을 다양한 방법으로 오버랩했었던 대단한 작가다.

이번 전시는 불과 60~70년 전만 해도 전쟁으로 잿더미가 됐던 서울이, 거짓말처럼 화려하고 깔끔한 모습으로 갖춰가기 시작한 걸

모티브로 했다. 어릴 적 미아리 공동묘지 위에 세워진 학교에 다니며 전쟁으로 사체와 뼈더미를 보았던 기억이 채 지워지지 않았다고. 당시 포화상태가 된 미아리 공동묘지가 망우리로 이전하면서 포클레인으로 시신을 파내고, 학교 운동장 한쪽에는 뼈가 쌓여 있는 모습을 목격했던 그는. 지금은 땅 위에 깔끔한 보도블록과 반듯한 빌딩들과 질서정연한 도로가 놓인 도시로 변했지만 이 가지런한 격자무늬가 과연 그 모든 걸 정리할 수 있을까? 라는 물음 앞에. 이번 전시는 관람자들과 한국전쟁을 함께 생각해보는 시간이 되었으면 하는 바람이 크다고 했다.

화백님의 말씀에 절대 공감하면서 계획안을 철저히 검토하고 있다. 아닌 게 아니라 지금의 젊은이들은 한국전쟁의 상흔을 알 턱이 없다. 전쟁이 우리에게 무엇을 말하는지 가르쳐줄 필요가 있다. 참되고 올바른 것을 위하여 맞서는 작가정신에 깊은 울림을 윤슬은 받았다. 큰 그림의 내밀한 것을 일반인들에게 소개하자면, 전공자들의 자문과 전시장 동선까지도 염려해두어야 한다. 전시 홍보는 필수 덕목 중 하나다.

특히 유월이면 분단 조국의 쓰라린 아픔까지도. 아름이가 나가자 탁자 앞에 놓인 오월의 달력을 살핀다. 일정들이 빽빽하게 나열되어 있다.

'마치 병정들이 줄을 서서 날 쫓고 있군.' 즐거운 비명이라기보다 쫓기다보면 더러 놓치는 경우가 있다. 미리미리 앞당겨 계획을 세우고 점검해야 하는 부담이 있다. 옆을 보니 우편물도 쌓여 있다. 뒤적이다보니 '한국 이집트연구소'에서 우송한 학회지가 있다. 반갑다. 우리나라에도 이집트연구소가 발족되었다는 게 그저 놀랍다. 책자를 펼치자 대문자로 요약된 머리글이 먼저 눈에 들어왔다.

'약탈의 상처' 고대 이집트 유적… 국제사회 여론은 "반환하라"
세계에 흩어진 3대 약탈품 '로제타 스톤' '덴데라 황도대' '네페르티티 흉상' 영국·프랑스·독일 박물관에… "돌려달라" 절규에 "못 주겠다." 세계는 반환 여론 높아져… 약탈 전시품은 '자랑' 아닌 '수치'

— 『한국 이집트연구소』 학회지에서

고대 문화재를 접하다보면 '약탈의 상처'라는 말이 가슴 깊이 아로새겨진다. 대학생 시절, 고고학과 초보 탐사 시절이 떠올랐다. 답사여행을 5,000여 년 전 고대 이집트 유적지로 다녀왔었다. 미술이 마술이 되던 시절이었다. 알고 싶은 게 생기면 우선 현장으로 달려가던 고고학탐사 초보 시절 이야기다. 마침 군 복무를 마치고 3학년에 복학한 리 선배와는 우연히 같은 팀에 합류했다. 출발 전 고대 이집트 유적지에 대한 사전 조사가 있었다. 도서실에서 관련 연구 논문을 찾거나 학술지를 열람하느라 바빴다. 그날은 학과 사무실에 '이집트 사전답사' 프로젝트라는 주제로 열띤 회의가 진행되었다.
리 선배가 과대표로 팀별 주제토의를 칠판에다 썼다. 자유토론이 진행되었고 질문도 오고갔다.

"이집트 약탈의 상처는 어마어마한데, 무척이나 흥미로웠어. 세계 문화재 도굴과 약탈은 고대로부터 일어났지만, 극성을 부린 시기는 19~20세기 초 제국주의시대라고 보면 될 것 같아."

"그럼 시대별로 유물 사냥꾼들이 챙긴 유물들은 다 어디에 있는지 궁금해."

"우리가 조사한 바로는 대다수 세계 유명 박물관, 미술관의 소장품으로 전시 중이더라고. 더욱 흥미로운 것은 고대 이집트 문화를 상징하는 오벨리스크는 이집트보다 해외에 더 많은 '비운의 유물'이라는 점이야."

"오벨리스크가 대체 뭐길래? 그렇게 유명세를 타는 걸까?"

"고대 이집트인들이 태양 숭배의 상징으로 세운 기념탑이었어. 네모진 거대한 돌기둥으로 위쪽으로 갈수록 가늘어지며 꼭대기는 피라미드 모양으로 되어 있더라고."

"침략자들이 탐을 낼 만도 하겠는데. 혹 내가 알고 있는 지금의 '워싱턴타워'와도 모양이 비슷하겠는걸?"

"빙고, 옳은 말씀."

"오벨리스크는 로마 황제들도 갖가지 이유를 들어 바티칸의 성 베드로 광장을 비롯해 판테온, 포폴로, 몬테치토리오 광장 등에 빼돌렸더라고. 산 조반니 광장의 오벨리스크는 룩소르에 있는 이집트 최대 규모의 '카르나크 신전'에서 뽑아온 것으로도 유명해."

"남의 나라 신전을. 날도둑이 따로 없군."

"오벨리스크의 수난은 로마시대에 그치지 않고, 제국주의시대에도 계속됐나봐. 이들은 이집트 지하 무덤까지도 무자비할 정도로 도굴 역사의 깊은 상흔을 남겼더라고."

"지하 무덤까지도 서슴지 않는 세기의 야만인들이잖아."

"알고 보니 과거 유적과 유물은 승리의 전리품으로 패배자인 상대 나라에 정신적, 문화적 열패감을 안겨주는 효과적인 도구로 사용했었더라고. 더더욱. 전쟁으로 점철된 인류사와도 맞먹는다는 것을 알게 되었어."

"참 속상하다만 여기 흥미로운 글이 있어. 당시 고고학자의 생생한 목소리가 담긴 글이라 복사해왔어."

회원 모두 복사물을 받아서 주의 깊게 읽어내렸다.

촛불이 닿자 어둠이 녹아내리며 사물이 눈에 들어오기 시작했다. 사방이 황금빛으로 번쩍였다. 그 짧은 순간 나는 놀란 나머지 아무 말도 하지 못했다. '뭐가 좀 보입니까?' 카나번 경이 걱정스러운 목소리로 물었다. 나는 그저, '예… 근사한 것들이…'라는 말밖에 할 수 없었다. 우리 눈앞에서 황금관의 내장 전체를 차지하고 있는 것은 신중하게 만들어져 인상적이고 깔끔한 모습을 한 미라였다. 미라 위로는 관의 겉면과 마찬가지로, 세월에 의해 응고되어 검게 변한 엄청난 양의 제례용 고약이 부어져 있었다. 이

고약 탓에 전반적으로 어둡고도 침침한 분위기와 대조를 이루는 것은 번쩍이는, 누군가는 찬란하다고도 말할 만한, 머리와 어깨를 덮은 채 광택을 발하는 황금가면, 왕의 모사품이 있었다.

— 1992년 투탕카멘 무덤 발굴 당시 '하워드 카터'

이렇게 도굴되지 않은 왕가의 계곡, 투탕카멘 왕묘는 놀라운 고고학적 발견들이 넘쳐나는 이집트에서도 그 예가 흔치 않았다.

'언제쯤 저 위대한 고고학 답사에 나도 팀으로 뛰어들 수 있을까?' 야무진 꿈도 꾸었더랬다. 천년 고도의 서라벌을 주시하던 우리에게 오천여 년 전을 이야기하는 고대 이집트 문화답사라니? 상상이 되지 않았다. 당시 호기심의 상승곡선을 타는 것은 당연했다.

*

파라오 미라 1

바다 위 겹겹이 일어나는 물결은 야속하리만치 지각도 연민도 없다. 세기의 '루브르'는 마음속에 잃었던 바다를, 그리고 영혼들을 늘 품고 살아야 할 것이다.

'저 바닷길에서 길을 잃은 영혼들이여! 말해보라.'

그때 난데없이 거친 바다에 파란 색, 흰 색, 빨간 색으로 이루어진 프랑스 깃발이 나부끼고 있다. 이집트 침공 후 승전고를 울리고 루브르궁전으로 운반 중인 전리품들을 가득 실은 프랑스 함선이 지중해 연안에서 크게 요동치고 있다. 코르벳 함장은 프랑스 해군 사관후보생이었다. 그는 전투에서 크게 공을 세우면서 작위도 받았다. 승승장구하고 있다는 표현이 어울린다. 최근에 함장으로 취임하기까지, 특유의 집중력과 배짱을 지닌 인물로 여러 난관을 잘 헤쳐나간 덕분이다. 작전을 준비하는 능력이나 임기응변, 조함술, 항해술이 매우 탁월했다. 게다가 군인치고는 감수성이 풍부한 편이었다. 이 불길한 예감은 자신도 이해가 안 갔다. 위급상황은 분명해 보였다. 바다는 회색빛 옅은 안개가 여기저기 마구 피어나고 있었다. 소대원들도 직감적으로 불안을 감지했다.

"함장님! 파라오 저주가 옮겨오고 있는 것은 아닐까요?"

부하의 입술은 앞으로 닥칠 두려움으로 파랗게 질려 있었다.

"뭐라?"

그의 목소리는 커졌다. 화가 불같이 올라와서 호통을 쳤다. 이집트 파라오 무덤 앞에 새겨진 상형문자를 해독하던 고고학자들의 목소리가 귓전에 깊이 파고들었다.

"파라오의 안식을 방해하는 자들에겐 죽음의 날개에 닿으리라."

퀴퀴하고 썩은 붕대를 둘둘 감은 미라들이 바다 사방에서 돌아다니는 듯했다. 환생을 꿈꾸며 잠자고 있던 미라들을 함부로 깨웠으니…

'제발 나를 모욕하지는 마시길.' 평상시 자신의 명령에 죽어가는 수병들과 사관들을 생각하며 슬퍼하고 자책하던 그가? 장교로서의 명예가 굴욕을 당하는 기분이다. 드레퓌시의 예복에서 계급장과 훈장, 단추 등을 강제로 떼어내고 예도를 분지르는 등 굴욕의 강등 식이 떠올랐다.

'이 사람의 가슴속 심장은 깨끗하다오.' 그는 이번 이집트전 사하라사막에 있는 사각뿔의 피라미드를 만나면서부터 달라지고 있었다. 사막 한가운데 거대 구조물을 보고 큰 충격을 받았다. 사천 년 전 이들이 가진 건축술에 놀람을 금치 못했다. 게다가 왕의 무덤을 지키고 있는 스핑크스의 위용은 대단했었다. 스핑크스는 사자의 몸에 인간의 얼굴을 하고 있었다. 순간 그 웅장함에 놀란 프랑스군들에게 위기가 찾아왔다. 이집트군들은 앞에서 길을 막고 있었다. 군의 사기를 위해서라면, 이집트군의 코를 납작하게 해주고 싶다는 치졸함이 올라왔다.

"지금부터 소대원은 스핑크스의 코를 향해 대포의 방향을 조준한다.", "조준 발사!", "쾅! 쾅!"

연속 폭발음이 잇따랐다. '왕가의 계곡'에서 발길을 멈춘 그들은 파라오 무덤까지도 파헤쳤다. 고대 이집트인들은 크고 작은 피라미드의 도굴을 피하여 나일강 서안의 골짜기를 파내 무덤을 만들었다. 파라오의 미라를 숨기기 위해서였다. 하지만 계속되는 도굴꾼들을 피할 수는 없었다. 장례용 가면과 천으로 감싼 '파라오 미라 4구'까지도 프랑스군은 고국으로 돌아가는 함선에다 실었다.

함장은 갑자기 휘몰아치는 풍랑으로 뒤늦은 후회가 밀려왔다.

'세기의 예술품에 대한 경애를 무시한 탓이야.' 소대원들이 갑판으로 나와 발만 동동 구르고 있었다. 거친 파도로 배가 흔들리면서 대량의 물도 안으로 들어왔다. 전통 유럽 귀족 출신으로서 떳떳하지 못한 행동도 마음에 걸렸다. 함선은 걷잡을 수 없이 빠른 속도로 침몰하고 있었다. 가까운 항구로 들어오지 못하고 먼바다로 계속 떠밀려가고 있었다.

마지막 최선책으로 초조함을 느낀 함장이 급히 무전을 친다.

— 뚜 루 뚜! 뚜!, — 뚜 루 뚜! 뚜! ~~

계속 끊어지다가 간신히 육지와의 통신이 잡혔다.

"이 엄청난 전리품들을 다 어떻게?"

— 뚜 루 뚜! 뚜! ~~

"화물 바닥에 물이 차올랐습니다."

— 뚜 루 뚜! 뚜! ~~

"무거운 돌덩어리 오벨리스크는 그렇다 치고, 고대 파라오 미라의 손실이 이만저만이 아닙니다. 이 영혼들을…."

무전은 또 끊기고 답답함이 몰려왔다.

그때 다시 소리가 잡혔다.

"어떻게든 폭풍 속을 빠져나와 보게? 급히 구조단을 보내겠네."

— 뚜 루 뚜! 뚜! ~~

"우리에게는 이제 시간이 별로 없습니다. 다만 영혼 불멸의 세계

예술품들과 마지막을 함께 하겠습니다."

— 뚜 루 뚜! 뚜! ~~

무전은 여기서 두절되고 말았다.

함장은 군들을 앞세우고 급하게 '파라오 미라 4구'를 향해 거수경례를 올렸다. 그때 최대 초속 50m 강풍을 동반한 위력으로 군함은 크게 요동쳤다. 탄약고에서 포탄 등이 빠져나와 뒹굴거나 바닥이나 천장과도 충돌했다. 순식간에 두 동강이 나면서 배는 서서히 가라앉고 말았다.

나폴레옹 시대, 이집트 원정은 동방 원정이라고도 불렸다. 그가 이끄는 5만 명의 프랑스군은 몰타를 통해, 이집트 알렉산드리아 근처에 도착했다. 나폴레옹은 전쟁을 통해 남의 문화를 노획하기 위해 비상함을 발휘했다. 고대 유물을 싹쓸이할 목적으로 건축가, 고고학자, 수학자 등 전문가들을 대동하고 이집트 출정에 나섰다. 지금의 '루브르'가 있는 이유이기도 하다. 나폴레옹이 이탈리아, 이집트의 전리품들을 전시하면서 규모가 커졌다. 현재 약 40만 점에 달한다. '프랑스 자존심'을 넘어 자타가 공인하는 세계 최고의 박물관이 된 것이다.

*

고고학탐사 5박 6일 윤슬의 고대 이집트 여행은 이렇게 시작되고 있었다.

첫날, 이집트 남부에 있는 룩소르를 찾았다.

그곳 '왕가의 계곡'은 상상을 초월했다. 파라오 왕족의 석관과 미라가 놓인 공동묘역으로 작은 구덩이부터 거대한 무덤까지 총 65개 무덤이 계곡 안에 모여 있었다. 약 450년에 달하는 기간 동안 이집트 신왕국시대의 파라오와 귀족들이 묻힌 곳이다. 골짜기 지하 암반 계단을 따라 내려가자 좁은 복도가 길게 연결되어 있었다. 무덤이라고 생각되지 않을 정도로 화려한 색채의 벽화가 그들의 시선을 사로잡았다.

특히 신왕국시대 귀족인 '세네페르' 무덤의 규모는 작지만 세련된 포도송이 천장 벽화로 탄성이 절로 터져나왔다. 다듬지 않은 바위 천장의 굴곡을 활용한 벽화는 3,000여 년 전 채색이라고 보기 힘들 만큼 생동감이 넘쳤다. 하지만 무덤을 파헤쳐 껴묻거리(부장품)를 꺼내간 자국으로 벽 곳곳이 흉물스럽게 비어 있었다. 어떤 무덤은 통째로 뜯겨나간 곳도 있었다. 도굴과 약탈의 흔적들이다.

다음 날, 카이로박물관으로 발걸음을 옮겼다.

박물관이기보다 보물창고 분위기였다. '로제타석'을 제일 먼저 만나고 싶었다. 때마침 전시장 입구에 돌의 역사를 대변할 '로제타석'이 놓여 있었다. 모두 반기는 표정이었다. 그런데 진품이 아님을, 자국에 복제품으로 전시되고 있다는 사실을 뒤늦게 알게 되었을 때.

놀람을 금치 못했다.

'로제타석'은 파라오 즉위를 축하하기 위해 기원전 196년에 제작되었다. 나폴레옹이 전문가들을 대동하고 루브르박물관으로 옮겨갔다. 강대국들의 야심은 무섭고도 현란하다. 영국이 나폴레옹 원정 때 프랑스를 도와준 대가로 요구한 것이다. 지금은 대영박물관에 있다. 하지만 현대인들은 아무도 고대 이집트의 상형문자를 해석하지 못했다. 그러던 중 프랑스 '장 샹폴리옹'이 비석에 쓰인 암호처럼 생긴 문자를 20년 동안 연구 끝에 마침내 1822년 해석해냈다. 전 생애를 바친 무서운 집념이라 숙연해졌다.

박물관 지하로 내려가니 볼거리가 몰려 있었다. '미라의 천국'이라 불러도 손색이 없다. 자국이 감당하기에도 분에 넘쳐 보였다. 파라오와 귀족들의 미라뿐 아니라 일반인의 미라까지 지하에 수없이 전시돼 있었다. 다만 환생하지 못한 채 이곳 지하에서 온 세계인들의 구경거리가 되고 있다는 게 안타까웠다. 장기보관함과 영생을 꿈꾼 부장품, 무릎 꿇고 기도하는 성직자까지 실로 다양했다. 지난 뉴욕박물관에서 고대이집트관을 둘러보면서 이집트 장례 예배당의 벽면 일부를 통째로 뜯어와 전시하고 있는 걸 보고 엄청나게 충격을 받았었다.

이렇듯 신전 하나를 선물하는 나라가 이집트라고….

그다음 날, 아스완 댐을 거쳐 '아부심벨' 대신전을 답사했다.

'아부심벨'은 석굴 사원으로 람세스 2세가 바위산을 깎아내고, 불법의 공법으로 신전을 지었다. 그는 이집트 신왕국을 건설하고 67년에 걸쳐 찬란한 통치를 한 인물이다. 신전은 2년에 한 번씩 햇살이 신전 깊숙한 곳까지 비치도록 만들었다. 대신전과 그의 마음을 사로잡은 '네페르타리' 왕비를 위한 사원이 곁에 있었다. 파라오와 왕비 신분의 의미보다는 한 여인에 대한 지극한 지아비의 사랑으로 바라보았다. 거대하고 오래되고 극적인 사랑이라 할 수 있었다. 돌아서는 길에 '제왕의 길이란 어떤 존재여야 했을까?' 그때 순간마다 그 물음에 응답해야 했던 위대한 람세스 2세의 음성이 들리는 듯도 했다.

"스스로 고양될 수 없다면 너는 무너질 것이다."

한 나라의 리더란 그렇게 무거운 것을….

오천 년 전, 고대 유적지를 돌아보며 '통치의 역사'란 '축제의 역사'여야 한다고. 고대 이집트 문명의 발상지 나일강은 그들의 자부심이었다. 대담함과 찬란함 그 자체였다. 인류사 모든 문명의 발상지는 강을 끼고 있었다.

마지막 날, 이집트 기자의 대형 피라미드와 스핑크스를 뒤로 하고 카이로에서 비행기에 탑승했다. 첫눈에 반한 '투탕카멘' 장례 황금가면이 뇌리에서 떠나지 않았다. 카이로 공항면세점에서 탑승 시간이 남아 상점을 돌다 특별 코너 쪽으로 고개를 돌렸다. 느닷없이 상감기법으로 보석을 세공한 작은 '황금가면' 모조품이 마음을 사로잡았다. 값을 흥정하다가, 살까 말까? 망설이다가, 그만 비행기 탑승 시간에 쫓겨 포기하고 돌아서고 말았다.

황금가면은 기원전 1332년부터 9년 동안 재위하여 18세에 요절한 소년 왕의 장례용 가면이다. 폭넓은 상감기법으로 세공이 사치스럽고 호화로웠다. 이집트 미술사를 넘어 세계에서 가장 유명한 미술품으로도 손꼽히고 있다. 장례 의식은 시신이 방부 처리되면 사제들이「사자의 서」주문을 암송하는 사이 가면을 죽은 파라오에게 씌워 머리를 보호하도록 했다.

까마득한 시절, 3,300여 년이나 지난 고대 미라가 그대로 보존되어 있다는 것도 놀라웠다.

기내에 들어서자 묘하게도 리 선배와 창쪽에 앉게 되었다.

'이건 또?' 은근히 좋아하면서도 천연덕스럽게 굴었다.

"왜 하필 선배가?"

"그럼 다른 자리로 옮길까?"

속내가 들킬 것 같아 못들은 척했다. 기내 방송에서 안전벨트 착용을 종용했다. 더듬거리자 그가 도와주었다. 습관적으로 그의 배려가 또 작동한 것이다. 고마우면서도 누구에게나 그렇게 할 것이라는 생각으로 마음을 비웠다.

그런데 비행기가 고공을 날고 있을 때였다. 옆자리에서 부스럭부스럭 소리가 났다. 속주머니를 뒤지더니 포장된 것을 불쑥 내밀었다.

"뭐야? 선배!"

그의 돌발적인 행동에 부끄러웠다.

"풀어봐. 마땅한 것을 못 찾다가."

선물을 풀자, 조금 전 공항면세점에서 본 상감기법으로 세공된 작은 '황금가면' 모조품이었다.

"세상에나!"

탄성이 짧게 터져나왔다. 그가 공항면세점에서 내 행동을 유심히 보았던 걸까?, 그게 아니라면?

"파라오 장례 가면은 망자의 시신에 도사릴 위험으로부터 보호해 주는 중요한 역할을 한다고 들었어."

"부적과 같은 거예요?"

"고고학의 위험으로부터 널 부탁해!"

피식 웃음이 나왔지만 그의 관심이 무척 고마웠다.

"저도 드릴 게 있어요. 성모님께 리 선배도 부탁드릴게요."

팔목에 차고 있던 묵주 팔지를 내밀었다.

"천주교 신자?"

고개를 끄덕였다.

"함께 성당에 나가면 더욱 좋고요?"

윤슬의 엉뚱하고 당돌함에 놀라는 눈치였지만 곧 그는 수긍해줬다. 이성으로부터 이해와 관심을 받고 있다고 생각하자 기분이 상당히 좋았다. 기내에서 윤슬의 상상력은 또다시 날개를 펼쳤더랬다. 그것은 도굴과 약탈로 인해 고국을 떠난 유물들이 그들의 고향, 고대 이집트로 찾아가는 이야기로 시작되었다.

*

파라오 미라 2

유명 박물관에 굳어 있는 듯 한자리에서 꼼짝하지 않던 유물과 미라들이 제각각 입을 열기 시작했다. 이들은 나폴레옹이 이집트를 침공한 후 노획한 전리품과 평온한 사막에서 무덤을 지켜야 할 조각상들이었다.

그리고 환생을 꿈꾸며 잠자고 있던 파라오 미라들이 다수였다.

천으로 완벽하게 감싼 상태로 얼굴에는 죽은 지 3,500년이 지났지만, 여전히 치아가 튼튼했다. 이집트 신왕국(기원전 16세기부터 기원전 11세기)의 미라는 지금까지 발견된 것 중에서 가장 잘 보존돼 있었다. 죽은 자를 성직자가 충성스럽게 방부 처리했던 까닭이다.

그런가 하면 펜타웨어 왕자 미라는 단말마의 비명을 지르는 듯한 표정과 딱딱하게 뒤틀린 몸으로 미라화됐다. 그는 친부인 람세스 3세를 암살 계획을 세운 역모죄로 스스로 목을 맬 것을 강요받았다. 왕족임에도 불구하고 정식으로 방부 처리가 되지 않았다. 양가죽으로 감겨졌을 뿐. 그의 비참했던 최후는 미라로 고스란히 남았다.

절규하는 왕족 여성 미라도 있었다. 그녀는 펜타웨어 왕자보다

69

더 무서운 표정을. 얼굴은 오른쪽으로 기울었고 몸은 경직됐으며 다리는 교차하듯 뒤틀려 있었다. 크게 벌어진 입가에는 고통스러운 표정이 역력하였다. 병 중에 고통스럽게 죽어간 것이다. 그녀는 펜타웨어 왕자와 달리 장기가 제거된 뒤 값비싼 아마포에 감싸져 방부 처리가 제대로 됐다. 금띠를 두른 왕과 왕비, 절규하는 미라들 뒤로 성직자와 유적과 유물들이 따랐다. 여러 미라들이 지중해 한복판에서 서로 마주치고는 대화에 열중하는 모습들은 우스꽝스러웠다.

환생을 꿈꾸고 잠들고 있던 미라들은 가족의 품을 떠나 그동안 얼마나 비참했는지를, 남의 나라에서 얼마나 외로웠는지를 설명하기에 바빴다.

소통이 서로에게 긴요한 단서가 되고 있다는 것을 받아들였다.

서울국립미술관 연구실에서 '한국이집트연구소'에서 발행한 5월호 학회지를 덮는다. 서용선 화백의 회고전 〈젊은 죽음들〉 유월, 전시회 준비에 박차를 가해야겠다고 다짐하면서 퇴근을 서둔다.

*

어느새 계절이 여름으로 옮겨가고 있다.

휴가를 고향, 부산으로 가기 위해 서울서 고속열차에 몸을 실었다. 그동안 연구실에서 쌓인 피로를 고향 바다가 풀어주었으면 좋겠다. 웬걸 일기예보가 계속 신경에 거슬린다. 심지어 핸드폰에서는 붉은 신호음까지 울리는 통에, 중앙재난안전대책본부에서 안내 문자가 수시로 날아들었다. 불안이 가슴 한복판에 서서히 붙박이로 도사린다. 인명피해만은 피해야 한다고. 정부로부터 협박이라도 당하는 기분이다.

부산역에 도착하자 챙이 넓은 모자까지도 어색해졌다. 선글라스는 더욱이나 아니다 싶어 작은 가방 깊숙이 집어넣었다. 역 광장으로 나오니 마침 택시가 대기하고 있었다. 차 문을 열자 차 안까지 비바람이 몰아쳐 간신히 자리에 앉았다.

"손님! 어디로 모실까요?"

"해운대 조선호텔로 갑시다."

"이 비바람을 뚫고 부산까지 오셨군요."

'추억이 있는 곳이라…' 말을 삼켰다. 택시 기사는 더는 묻지 않았다. 빗길을 최대한 천천히 택시는 달렸다. 해안을 끼고 연결된 부산항대교에 올라서자 바다 위 높이가 롤러코스터를 타는 느낌을 받아 아찔했다. 진입 상판 높이가 건물 20층에 가까웠다. 달리는 택시 안에서 항구도시 고향에 왔다는 걸 다시금 실감했다. 부둣가마다 수백 척이 넘는 크고 작은 배들이 방파제 안으로 빼곡하게 정박해 있었다. 폭풍이 가져다줄 재해로부터 최대한 피해를 줄이기 위해서다.

택시 뒷자리에서 비바람이 몰아치는 먼바다를 본다.

갑자기 대항해시대가 도래한 듯 착각을 불러일으켰다. 오대양이 있고 해양을 넘나들던 범선들이 한눈에 그려졌다. 둥근 지구본 위 땅뺏기 외줄타기가 시작된 날들이 일직선으로 늘어섰다. 조선술과 항해술의 발달로 식민지를 건설하고자 하는 열강들의 제국주의시대가 꿈틀거렸다. 이로써 비극적인 역사의 서막도 함께 왔다. 15세기는 바다를 통해 직접 '인도'로 가는 항해를 개척했다. 포르투갈과 스페인을 선두로 서유럽 국가들은 신항로를, 선두주자 포르투갈과 스페인, 네덜란드는 남미를 중심으로 식민지 개척에 열을 올렸다. 그 덕분에 식민지의 자원을 수탈하며 그들 국가들은 부를 늘릴 수 있었다. 영국과 프랑스도 이에 자극을 받아 대항해시대에 뛰어들었다. 식민쟁탈 경쟁을 벌이던 영국과 프랑스는 유럽 본토에서 오스트리아와 프로이센 전쟁에 참여하면서 동시에 북아메리카와 인도에서 정면충돌까지도 감행했다. 식민지 전쟁에서 영국이 승전고를 울렸고 대영제국으로 발돋움하는 계기가 된다.

해가 지지 않는 땅이란 명제는 오만하기 짝이 없다.

겸손은커녕 바다로의 탐색전은 중국에서 발명한 나침반의 전파가 그 위력을 발휘했지만 정작 바다를 잊은 중국은 그만 세계 패권을 놓치고 만 결과를 낳았다. 목숨을 건 도전정신의 유럽인들은 대서양의 해류와 무역풍을 발견하면서 강대국들의 각축전이 전면으로 드러났다. 급기야 아프리카를 우회하는 항로를 발견하고 동남아시아로 가는 항로까지를 개척하면서 식민지를 확장해 나갔다. 이

렁듯 식민지시대를 탐색하다보면, 거센 풍파로 바닷속 깊이 수장된 세기의 유물에 대한 깊은 존경심마저도 멀미처럼 격하게 올라온다.

　침몰선과 유물, 난파선에 탄 사람들까지도….

　어느새 택시는 광안대교를 지나 곧장 해운대 동백섬 조선호텔에 도착했다. 마치 바다 위를 나르는 쾌속선이 따로 없다. 깨끗하게 정리된 방에 캐리어를 두고 서둘러 샤워부터 한다. 몸이 후끈하니까 우울했던 기분도 점차 나아졌다. 창으로는 회색 바다가 거칠게 춤을 춘다. 부산의 상징인 오륙도가 무차별하게 흔들리고. 로비로 내려간다. 벽면 대형 유화가 그녀를 유혹한다. 큰 붓의 거침없는 붓놀림은 여인네 치마폭을 연상시켰다. 붓 터치가 매우 관능적이다. 여인이 유영하듯 곡선으로 부드럽게 풀어놓았다. 생명력이 넘쳐 보인다. 여성작가의 독창적인 정신세계가 돋보이는 작품이다. 한동안 넋을 놓고 바라보았다.

　빗살이 휘몰아치는 카페 창가로 자리를 옮긴다. 멀리 달맞이 개 언덕에 우뚝 솟은 고층 건물들이 다소 거북하다. 마치 유럽의 대성당시대를 보는 것 같다. 하늘을 찌를 듯한 고층 빌딩들의 현란함이란. 고대로부터 여전히 사람들은 유리와 돌 위에, 지금은 철광석을 더하여 그들의 역사를 쓰고 있다. 역사의 순환고리다. 옛시인과 음유시인들은 세상을 떠돌아다니면서 사랑의 노래를 부르는가 하면…. 휘몰아치는 강한 비바람에 높이 솟은 빌딩들이 혹여나 휘청거릴까 두렵다. 해변에는 피서객을 위한 색색의 파라솔은 보이지 않은 채. 몇몇 바닷가를 걷고 있던 연인들마저 잰걸음으로 자취를 감추었다.

괴괴한 영화를 감상하듯『폭풍의 언덕』장면들이 부채질한다. '에밀리 브론테'가 죽기 일 년 전 발표한 장편소설이다. 황량한 들판의 외딴 저택에 거센 폭풍이 몰아치는 어느 날 밤, 고야 소년 '히스클리프'를 데리고 오는 장면부터 소설은 비인간적이고 악마적 경향까지도 보인다. 두 집안의 이야기가 주를 이루지만 증오와 복수라는 이름으로 책을 읽는 내내 긴장을 늦출 수 없었다. 윤슬은 거친 비바람으로 인해 떠오르는 상념으로부터 긴장감을 늦추기 위해 자리를 고쳐 앉는다.

주문한 허브차와 조각 케이크가 나왔다. 통유리 화면에 날씨가 맑으면 일본 대마도까지 어렴풋이 보이는 곳인데 아쉽다. 따뜻한 허브차와 달콤한 맛의 케이크를 넘기자 편안해졌다.

일제 강점기의 대한해협이 난데없이 따라왔다. 한국과 일본의 열도 규슈 사이의 대한해협을 건너 태평양전쟁 당시 한국 청년들은 남방전선으로 끌려갔었다. 군국주의를 표방한 일본군의 군대생활이란, 학대와 변태적인 기합의 연속이었다. 바다 물결은 예부터 높았다. 우리 청년들은 두려움보다 용기를 앞세우며 전장에 참여했지만, 결과는 산불이 어린 사슴들을 거친 들로 내몰듯 처참 그 자체였다. 일제에 의한 식민지시대 억압받았던 조국의 현실을 할아버지로부터 들었다. 우리나라 최초 소프라노 가수 윤심덕이 마지막으로 취업한 〈사의 찬미死—讚美〉가 유성기에서도 흘러나오던 그 시절 이야기도 함께였다. 1926년 8월 언론에는 '유명 작가 김우림과 성악가 윤심덕, 대한해협에서 동반자살!'이라는 속보가 대서특필되었다.

"광막한 광야에 달리는 인생아! 너에 가는 곳 그 어데이냐. 쓸쓸한 세상 험악한 고해에 너는 무엇을 찾으려 하느냐. 눈물로 된 이 세상이, 나 죽으면 고만 알까. 행복 찾는 인생아! 너 찾는 것 허무, 웃는 저 꽃과 우는 저 새들이 그 운명이 모두 다 같구나~."

윤심덕은 풍부한 성량과 당당한 용모를 갖춘 우리나라 최초의 여성 소프라노 가수였다. 일본 음악학교에서 정통 성악을 했지만, 생계와 품위를 유지하기에는 당시 우리나라 문화적 토양이 너무나 척박했다. 김우림은 이미 결혼한 대지주의 아들로 와세다대학 영문과 출신의 엘리트였다. 유학 시절 사랑을 맹세한 두 사람은 그날 밤 11시에 시모노세키로 출발해 부산으로 향하던 연락선에서 대한해협으로 투신자살했다.

식민지 시절 우리에게 안겨준 비극들 속에 대한해협을 건너지 못한, 천재 화가 이중섭도 있다. 박수근과 함께 한국 근대서양화가의 거목이다. 그가 그린 〈황소〉는 앞발에 힘을 모으고 언제든지 튀어나갈 듯한 역동적인 모습을 보여준다. 선의 능란함과 강렬함으로 특징지을 수 있다. 단순한 소가 아니라 화가의 분신이며 내면을 폭발적으로 표현했다. 가난으로 가족과 헤어진 이후 통영에 머물면서 작업했다. 어찌 보면 예술가로 재능을 가장 화려하게 꽃핀 시기라고 볼 수 있다. 재료가 없어 양담배 갑 속의 은박지를 반듯하게 편 다음 뾰족한 도구를 사용한 그림이 상당수가 있다.

그중에 1954년에 그린 〈현해탄〉은 화가의 희망이 고스란히 담긴 작품으로 알려져 있다. 생활고에 시달린 화가는 손바닥만 한 화면에다 온 가족을 담았다. 푸른 파도 위에 조각배, 두 팔 벌리고 웃고 있는 부부와 두 아들, 물고기 다섯 마리도 덩달아 신났다. 조금만 더 버티면 일본에 머무는 가족을 만날 수 있었을 텐데, 이중섭 화가는 1956년 9월 6일 오전 11시 45분 간장염으로 입원 중 사망하고 만다. 그의 부음을 알리는 글이 서대문 적십자병원 영안실 흑판에 남겨졌다. 신산했던 그의 삶에 종지부를 찍기에는 턱없이 모자란 한 줄의 문구였다. 더구나 무연고자로 취급되어 3일간 영안실에 방치되다가 친구들에 의해 장례가 치러졌다. 한국 근대미술의 선구자 이중섭이 마지막으로 그린 그림은 〈돌아오지 않는 강〉이었다.

어디 그뿐이겠는가?

언제부턴가 고고학계에서는 '바닷속 유물전시관'이라는 말이 통용되고 있었다. '침몰'이라는 단어가 지니는 뉘앙스가, 세계 최대 크기의 유람선 침몰 사건을 다룬 영화 〈타이타닉〉이 여기에 속한다. 1912년 4월 10일 첫 항해로 영국의 '사우샘프턴'을 떠나 미국의 '뉴욕'으로 향하던 중 4월 14일 밤 북대서양에서 빙산과 충돌 후 침몰하였다. 세계 해운사고 사상 전례가 없는 1,513명의 아까운 생명을 잃게 만든 대참사였다. 당시 언론에서는 결코 침몰되지 않을 것이라는 찬사는 받았다. 하지만 비극적인 반증을 보여주고 말았다. 배가 빙산과 충돌하면서 좌로 기울어지기 시작하자, 사람들은 구명보트를 타려고 필사적으로 매달리기 시작했다. 문제는 구명보트가 부족해 승객의 절반밖에 태울 수 없는 처지였다. 시시각각으로 재난이 닥쳐오자 승객 수백 명은 각각 용기와 비겁함, 희망과 절망을 보여준다.

특히 호화 여객선에서 3등칸의 배 밑바닥에 있던 이민자들의 사상자가 가장 많았다는 사실은 큰 충격이다. 세계에서 가장 부유한 사람들과 미국에서 새로운 삶을 시작하고자 하는 가난한 수백 명의 이민자가 있었다. 그들은 미래의 꿈을 안고 떠났다. 이민자들의 슬픔은 3등칸의 배 밑바닥에 매몰되고, 가난한 수백 명의 원혼이 하늘나라 떠나기를 거부하고 한동안 바닷길로 흘러다녔다.

어떤 이는 사방을 뛰어다니며 사람들이 구명복 입는 것을 도와주었고 정작 자신은 입지 않았다. 그는 여승무원들에게 조용히 속삭였다.

"아주 심각한 상황이지만 공황상태가 일어날지도 모르니 나쁜 소식을 알리지 말라."

그러나 가까운 사람들에게는 솔직하게 말했다.

"배 아래가 파손되었어요."

종말이 1시간쯤 남았다고 알려줬다. 음악가들은 갑판이 기울어져 서 있을 수 없을 때까지 찬송가를 연주했다. 오케스트라 단원 가운데 구조된 사람은 아무도 없었다. 가톨릭 신부는 고해성사를 거행해 무릎을 꿇은 백여 명의 죄를 사해줬다. 어떤 이는 아내를 구명보트에 태운 다음 자신은 아내를 따라갈 수 없다고 말하고 정중하게 뒤로 물러섰다. 백화점 사장 부부가 구명보트 자리를 안내받고도 거부했다. 대신 하녀에게 구명보트에서 입을 외투를 주고 나서 부부는 그들이 함께 맞을 마지막 순간을 위해 선실로 내려갔다. 충실한 시종은 일찍부터 구명복을 벗고 이브닝드레스로 정장을 했다. 실로 인간미 넘치는 광경이 아닐 수 없다.

새벽 2시 10분 배는 두 동강이 나기 시작했다. 빙산과 부딪힌 지 2시간 20분 만이었다. 새벽 2시 20분 '타이타닉'은 바닷속으로 사라졌다. 새벽이 다가오자 구명보트 위에서는 거의 아무런 소리도 들리지 않았다.

주님! 가난한 이민자들에게 영원한 안식을 주소서.
그리고 영원한 빛을 그들에게 비추소서.
— 〈레퀴엠, 입당송〉

살아난 자들은 그저 망자亡子의 넋을 위로할 뿐이다. 레퀴엠이 연주되고, 어쩌면 생과 사의 엇갈림 속에서 살아남은 자가 지켜주어야 할 사명인지도 모르겠다.

2014년 우리나라 진도 인근에서 침몰한 '세월호' 참사를 잊을 수가 없다. 때로 겹겹이 일어나는 바다 물결은 지각도 연민도 없다. 근대철학의 출발점이 된 데카르트는 "나는 생각한다. 고로 존재한다"라는 유명한 말을 남겼다. 지금은 ICT 혁명의 시대라 불리는 4차 산업혁명 시대다. 18세기 중반에 시작된 1차 산업혁명 시기보다 훨씬 이전 17세기에 살았던 데카르트가 현시대를 살아가는 철학자라면 위 명제가 어떻게 바뀌어야 했을까? 진정한 메타버스가 실현된다면, 현실Reality과 비현실Unreality의 구분은 어떤 의미가 있는 걸까?

어떤 세계에 사는 '나'의 존재가 진짜일까?

궁금하다.

7년 전 중남미를 휩쓴 갑작스런 폭풍으로 경비행기가 추락하면서 인명피해가 있었다. 그로 인해 리 선배와 윤슬, 두 사람의 사고 체계가 경로를 이탈한다. 이들 삶의 흔적은 어디서부터 찾아야 할까. 타임머신을 타고 그 시간으로 되돌아가볼 수는 있다.

그날은 찌는 듯한 무더위가 극성을 부렸다. 낮 기온이 32도를 웃돌았다. 옛날 팥빙수 맛집으로 유명한 카페에서 그들은 만나기로 했다. 팥빙수 맛집이면 리 선배 아버님께서 제일 좋아하신다.

'한 그릇에 숟가락을 같이 넣고 서로 나눠 먹다보면 분위기가 화기애애해진다고.' 그날 따라 살얼음 위에 가득 올려진 팥이 윤기가 자르르 흐르고 있었다. 우유 얼음에 말랑말랑한 떡이랑, 한 입 두 입

먹다보니까 더위가 한 방에 다 날아갔다. 기본이 충실한 맛집이었다. 먹는 내내 기분이 좋았다. 그래서 다시 찾게 되는지 모르겠다. 그날 따라 리 선배의 표정이 다소 무거워 보였다. 재잘거리기를 좋아하는 윤슬과는 달리 행복한 얼굴이 아니었다.

"선배, 무슨 일 있어요?"

그가 눈치 한번 빠르다는 표정을 지었다. 망설이던 표정을 굳히고 말머리를 어렵게 꺼냈다.

"중남미 페루의 수도 '리마'를 잘 알고 있지?"

"웬 '리마'? 도시 전체가 유네스코 세계문화유산이라는 정도는요?"

뭔가 분위기가 수상쩍다는 표정으로, 윤슬은 어깨를 으쓱해 보였다.

"이번 '리마' 세계유적 발굴조사에 우리나라도 참여하게 되었어."

"어머나! 대단한 희소식이네요."

"분명 기쁜 소식이지. 그런데 내가 그 선발팀으로 가게 되었어. 일 년이면 돼. 미리 의논하지 못해서 미안해."

그가 빠른 속도로 말을 끊었다.

"무슨? 이런 경우가 있어요. 싫어요. 무조건 싫다니까요. 나는 안중에도 없다는 게지요?"

그가 깜짝 놀라는 표정을 지으면서 오히려 화를 냈다.

"그게 무슨 소리야? 안중에도 없다고? 내가 그동안 보여준 게 그정도였어."

"말 돌리지 마세요."

바짝 화가 난 윤슬도 지지 않았다. 당시 고고학계에서는 세계 곳곳으로 고고학 박사들이 파견되고 있었다. 그는 호호 할아버지가 되어도 연구실이 아닌 발굴현장에서 뛰고 싶다는 무서운 집념을 가진 사내였다. 결국 '페루유적발굴' 한국조사팀에 합류했다. 커다란 이민 가방을 끌고 손 흔들며 인천국제공항을 빠져나갔다. 밉상이 따로 없었다. 그는 그렇게 윤슬의 곁을 떠났다. 지구 반대편에 있는 대륙이라는 정도는 알았지만 30시간의 긴 비행시간을 어떻게 견딜지 내심 걱정도 되었다. 잘 도착했다는 메시지가 뜨고서야 겨우 마음을 놓을 수가 있었다.

첫 번째 메일이 도착했다.

사랑하는 윤슬아!

하루하루가 보고 싶어 큰일이다.

며칠 전 잉카문명의 고대 요새도시, '마추픽추'에 한국조사팀과 다녀왔어. '마추픽추'라는 말은 오래된 봉우리라는 뜻이야. 다행히 쿠스코에서 전차를 타고 실제로 올랐어. 걱정했는데, 동네 뒷산 정도의 난이도였어. 마추픽추의 들쑥날쑥한 벼랑 위에 우뚝 선 화성암의 도시와 마주치자 울컥 눈물샘이 터져나왔지.

'마추픽추에 살던 거주민들이 스페인에서 전해온 천연두와 같은 질병으로 인해 모두 사망하였다'라는 설이 설득력 있게 받아들여졌기 때문이야. 현장을 보고 나서야 큰 깨달음이 왔어. '잃어버린 도시'라는 이미지는 참으로 연민이 가는 거라고. 당시 야심에 찬 제국주의자들은 황금을 찾아내고, 땅을 정복하고 노예를 얻고 원주민들을 가톨릭 신자로 개종시키기까지. 보도들도 못한 철제무기와 대포, 화승총에 의해 잔혹하게 정복자들의 공격에 쉽게 무너질 수밖에 없었다는 사실을 직면하고 말았어.

과연 삶과 죽음의 경계선은 어디쯤일까?

한 호흡 사이에 있다고 봐. 몸속으로 들이마신 숨이 도로 나오지 않으면 그것이 곧 죽음일 테니까. 어떻게 보면 삶이란 것이 얼마나 위태롭고 허약한 토대 위에서 이어가는지를. 전쟁이 아니래도 우리의 삶은 얼마나 두렵고 불안한 것인가를 잠시 생각했어.

'마추픽추'는 1911년 미국 탐험가 '하이럼 빙엄'이 발견하기 전까지 세상에 존재하지 않았던 도시였거든. 우리가 고고학을 전공하고 연구하는 이유기도 하겠지. 지금은 잉카문명을 상징하는 유적지로 변했지만, 당시 마추픽추는 1450년 즈음에 지어졌고 약 1세기 후에 스페인의 침략과 비슷한 시기에 버려졌어. 이후 주변 현지인들에게만 간간이 알려져 있던 정도였거든.

당시 발견한 '하이럼 빙엄'의 글을 잠시 옮겨볼게.

이 도시의 매력과 마법은, 이 세계의 그 어떤 곳과도 비교할 수 없다. 이곳에는 눈 덮인 산봉우리가 끝없는 높이에서 구름을 굽어보고, 다채로운 색깔의 절벽들이 깎아지를 듯이 솟아올라 도시를 비추고 있다. 이곳에는 나무와 꽃들이 만발하고, 정글의 아름다움이 깃들어 있다.

— 1991년 '하이럼 빙엄' 미국 예일대 역사학자

이어 두 번째 메일이 기다리고 있었다.

윤슬아! 오늘은 좀 특별한 것을 알려줄게.

페루 유적지에서 유해 발굴을 일주일 전부터 시작했어. 제물로 바쳐진 어린이가 무려 수백 명, 순간 믿기지 않았어. 한숨이 나왔지. 갑자기 산자의 레퀴엠이 연주되고, 이 땅을 적시는 애도의 음악이 한동안 흘러다녔어.

유해가 발굴된 곳은, 수도 리마에서 북쪽으로 700㎞가량 떨어진 해변 관광도시 '우안차코'의 유적지야. 지난해부터 발굴작업을 진행해온 곳을 이번에는 한국 고고학조사팀과 함께했어. 제물로 희생된 어린이들의 유해 중 지금까지 발견된 가장 큰 규모라고 해. 아직 남아 있는 유해가 더 있을 수도 있다니 이해가 되니? 어린이들의 나이는 4세에서 14세까지, 지금의 엘니뇨 현상과 비슷한 이상기후를 막기 위한 의식에서 신에게 바쳐진 것으로 추정하고 있어.

가끔 유적지에서 무시무시한 진실을 직시한다는 게 얼마나 고통스러운지 몰라. 유해는 바다를 향해 묻혀 있었고, 일부 유해는 여전히 피부와 머리카락 일부가 남아 있었어. 치무문명은 오늘날 페루 트루히요 지역 일대에서 10세기에 출현한 문명이야. 13~15세기 전성기를 이룬 뒤 1475년 잉카문명에 정복됐었어. 태양을 숭배하는 잉카문명과 달리 치무문명은 달의 신을 숭배했다고 해. 신들을 위한 의식에서 어린이와 동물을 제물로 바친 것이라고 전해지고 있어. 지난해 4월에도 인근 바다 절벽에서 어린이 140여 명과 라마 200여 마리의 유해가 발굴된 바 있었다고도 해.

한동안 멍한 상태로 도저히 일을 할 수 없었어. 우리가 할 수 있는 것은 그들의 안식을 위한 기도뿐. 슬픔의 강 너머 우리는 서로 살고 있는 것 같아.

오늘은 여기까지, 또 연락할게.

윤슬은 리 선배의 발굴조사 소식을 계속 듣다보니 어릴 적 경주 박물관 관사 시절이 떠올랐다.

경주는 천년 고도의 도시다.

관사의 담장은 흙 아래 파묻힌 깨어진 기와장들로 오랜 시간 모아서 차곡차곡 담을 쌓아 올려놓았다. 마치 성역과도 같은 곳에서 기거했다. 허리춤까지 쌓아올린 담장을 끼고 학교로 오고갈 때면 탑돌이를 하는 듯했다. 관사 뒤쪽으로는 쭉쭉 뻗은 소나무들이 빽빽하게 하늘을 가리고도 있어 운치가 있었다. 솔밭에는 솔방울들이 지척으로 깔렸고 다람쥐들이 나뭇가지를 오르내렸다. 다람쥐들은 장난치면서 솔방울을 수없이 떨어뜨리며 놀았다. 여름이면 소나무 숲 언저리에는 초록빛 가느다란 잎사귀 위로 보라색 맥문동꽃들이 다투어 피고 있었다.

가끔은 지방대학교 고고발굴팀이 찾아오는 날이 있었다. 번호가 적힌 노란 플라스틱 상자들이 트럭에서 내려졌다. 돌 모서리가 깨진 석탑과 얼굴이 일그러진 크고 작은 돌부처까지도 마당에 부려놓고 가는 날이 많았다.

"박물관 마당에 못난이 돌들만 가득 쌓아놓고 가네. 어쩌자고?"

못마땅했다. 쓰레기매립지도 아니고. 혼자 투덜거렸다. 그런데 아버지께서 언제 들으셨는지.

"윤슬아! 이 돌덩어리가 못난이 돌처럼 보여도 귀한 것이야. 언제든 네가 마모된 돌에서 옛사람들의 온기를 느낄 수 있는 날이 오면 좋겠구나."

"옛사람의 온기요?"

귓전으로 흘렸다. 박물관 마당에 부려놓고 간 돌덩이들이 각자의 자리를 찾아가는 데는 다소 시간이 걸렸다. 마치 퍼즐을 맞추듯 돌의 번호를 찾아 어떤 형태들을 만들어갔다. 신통하기 짝이 없었다.

'저들은 자신의 몸 일부를 잃고 있다가 이제야 찾아가고 있구나.'

그제야 돌덩이가 하나의 생명체로 다가왔다. 미적 성취와 예술혼의 상징처럼 돌덩이가 주는 매력에 윤슬은 점차 마음을 빼앗겼다. 그녀의 아버지께서 말한 따듯한 온기까지는 아니지만, 매번 박물관

정문으로 통과하는 높은 담벼락을 지나면서 수많은 생각들이 교차했다. 지금도 기억에 남는 것은 〈나한, 마음이 이르는 얼굴 그리고 돌부처〉라는 주제로 특별전이 경주박물관에서 진행되고 있을 무렵이었다.

'나는 언제쯤 가능할까?' 박물관 밖에는 학생들의 견학이 긴 줄을 잇고 있었다. 하지만 아버지의 허락이 떨어지기 전에는 움직일 수 없었다.

"인디언들은 말을 타고 달리다가 가끔 말을 세우고 뒤를 돌아보는 습관이 있어. 뒤쫓아오는 발걸음이 느린 영혼을 위해 기다려야 한다는 거야. 이 말인즉 서두르다보면 자칫 얕은 물의 흐름만으로 모든 걸 다 본 양으로 치부하고 물의 깊이를 들여다보지 못하기 때문이야. 때가 올 테니까. 기다려봐."

기다림의 미학을 설명하셨지만, 당시는 이해가 안 되었다. 언제나 아버지의 서론은 길었다.

'아빠는 너무해. 딸자식은 귀하지 않나?'

지쳐 있을 때 즈음에야 연락이 닿았다.

"특별전 구경하고 싶으면 오라는데, 아빠가?"

어머니의 말씀이 떨어지자 서둘러서 박물관으로 갔다. 입구에 설명문이 나붙어 있었다.

"나한, 아라한阿羅漢의 줄임말이다. 아라한은 번뇌를 없애고 완전한 깨달음을 얻은 불교의 수행자를 의미한다. 나한羅漢은 부처나 보살과는 또 다른 존재다. 틀에 얽매이지 않는 자유로운 모습을 하고 있다."

읽다보니 번뇌니, 틀에 얽매이지 않는다는 어휘에는 어려움을 느꼈다. 대충 읽고는 쓱 지나서 안으로 들어갔다. 박물관 실내가 여느 때와는 달리 무척이나 어두웠다. 그런데 어둠 속에서 조명이 작은 돌덩이들을 하나씩 비추고 있다는 걸 알게 되었다. 작은 조명이 비추는 수많은 돌덩이와 크고 작은 돌부처를 유심히 살피자 금방 작은 키의 동자승이 눈에 쏙 들어왔다.

'에라 모르겠다' 하면서 살금살금 신비에 싸인 작디작은 동자승 앞으로 갔다.

"절대 작품은 손으로 만져서는 안 돼. 눈으로만 보는 거야."

평상시 아버지의 말씀이 귓전에 들려왔지만 그만 무시했다.

'온기를 느껴보라면서? 흥! 치!' 동자승 발등 위에 오른손을 가만히 얹자, 그녀의 작은 손안에 앙증스러운 동자승의 발이 쏙 들어왔다.

"엄마! 아기 스님이 간지럼을 타나봐요. 까르르 깔깔 웃고 있어요. 한번 만져보세요."

그만 신이 나서 큰소리로 말하고 말았다. 당황한 어머니는 조용히 하라는 신호로 그녀를 향해 입술에 손가락을 올려놓으면서 인상을 찌푸렸다.

'이크~ 또 실수?' 잦은 실수에 무안했다. 그것도 잠시.

그물에 걸리지 않는 바람처럼 진흙에 더럽히지 않는 연꽃처럼 무소의 외뿔처럼 혼자서 가라.

성자聖者의 삶을 사는 이는 어디에도 머무르지 않고

어떤 것도 사랑하거나 미워하지 않으니

슬픔도 인색함도 그를 더럽히지 못한다.

마치 연꽃잎을 물이 더럽히지 못하듯

— 「나한, 마음이 이르는 얼굴 그리고 돌부처」 중에서

"엄마! 여기 쓰여 있는 성자聖者가 뭐예요?"

또다시 묻고는 어머니를 슬쩍 돌아다보았다. 이번에도 조용히 하라고 '쉿' 할 것만 같았다. 무한해서 한쪽 눈을 찔끔 감았다. 다행히 빙그레 웃으시기만 하셨다.

"…"

마치 정답은 네가 찾아야 한다고 타이르시듯 했다. 주변을 자세히 살펴보니 돌덩이 앞에 눈높이에 맞는 의자가 하나씩 놓여 있는 게 보였다. 어머니께서는 의자 하나하나에 가서 앉고는 골똘히 생각에 잠겨 계셨다. 작품 감상은 이렇게 조용히 하는 것이라고 타이르는 것만 같아 미안했다. 호기심에 이끌려 다양한 얼굴들의 표정들을 하나씩 따라갔다. 한낱 돌덩어리인데도 그들의 표정에는 슬픔과 기쁨이 녹아 있었다. 시름에 빠진, 생각에 잠긴, 미소를 짓는, 가사를 걸친 등 남녀 각각의 돌들이 자유롭게 조각되어 있었다. 생각해보면 마모된 돌, 하나하나의 표정에서 삶의 숱한 사연들이 있다

는 것을 가르쳐주고 있었다.

훗날 로마 바티칸 성 베드로 대성당에서 마주친 대리석상 '피에타'를 보고서야 깊은 깨달음이 왔다. 이탈리아어로 '피에타'는 '자비를 베푸소서'라는 뜻이다. 십자가에서 내려진 죽은 그리스도를 안고 슬퍼하는 성모 마리아는 죽은 자식을 보내야 하는 어미의 아픔이 대리석상에 고스란히 녹아 있었다. 예술 작품은 영혼 불멸해야 한다고. 명성은 세상 끝날까지 영원하기를 기도했다.

또 한번 잊을 수 없는 충격적인 사건이 있었다.

그날은 아침 일찍부터 아버지께서 캐리어에 넣을 물건을 정리하고 계셨다.

"아빠! 어디로 출장 가서요?"

"이탈리아 '폼페이'라고?"

"네? 이탈리아라면 옛 로마로 가시는 건가요?"

"그래. 2,000년 전 거대한 화산재로 파묻힌 고대 로마로 가. 현재 사람들은 '사라진 도시'라고도 부르지."

"세상에 사라진 도시가 존재하나요? 그걸 어떻게 알아내죠?"

"당시 화산 폭발로 수천 명이 목숨을 잃었어. 모든 게 화산재로 사라졌거든. 그것을 고고학을 연구하는 학자들이 찾아냈어. 궁금한 것들은 출장 다녀와서 다시 이야기해주마."

소녀 시절, 말이 필요 없는 기다림의 미학을 몸으로 익혔다. 기다림에는 기대감이 있고 여유로움도 생기는 법이다. 계속 훈련하다보면 내적으로 성장하는 시간도 함께 왔다.

'아버지는 나귀 타고 장에 가시고~ 고추 먹고 맴맴, 달래 먹고 매~앰 맴.' 한적한 동요 마을이 지나가고, 출장지 이탈리아에서 돌아오셨다. 기다린 덕분에 직접 카메라로 찍으신 여러 장의 폼페이 유적 사진들을 감상할 수 있었다.

"여기를 봐! 이렇게 고대 유물이 완벽하게 보존될 수 있었던 것은 순식간에 모든 것이 녹아내렸기 때문이야."

"네. 순식간에 무엇이 녹아내려요?"

"설명을 들어보면 깨닫게 될 거야. '폼페이' 발굴 시작은 1592년 수로공사 중에 유적이 발굴되면서부터였어. 1748년 발굴로 광장, 목욕탕, 원형극장, 약국 등의 유적이 발굴되었지. 당시로는 이탈리아를 지배하고 있던 프랑스 왕조가 독점사업으로 폼페이에 발굴을 시작하게 되었어. 그런데 안타깝게도 이 발굴은 약탈과 전혀 다를 바가 없었어. 아름다운 출토품만이 중요하게 취급되었고. 나머지 유물들은 그 가치를 인정받지 못한 채 사장되고 말았었으니까."

약탈이라니? 프랑스 왕조가? 의문부호만 따라다녔다.

"여기 보이는 모자이크나 벽화를 좀 봐. 얼마나 아름다운지 몰라. 여기는 개인 주택의 연회장인데. 검게 칠해진 벽 사방에 그리스신화 속 인물을 다룬 그림이 하나씩 새겨져 있었어. 벽면에 석회를 바른 뒤 수분이 마르기 전 채색하는 방식의 '프레스코화'로. 여기 선과 색이 거의 그대로 남아 있는 것을 알 수 있어. 고고미술사 학계에서는 인류 회화사에 가장 오래된 그림의 기술이라고 보고 있어."

"이천년 전 그리스 옛 벽화를 그대로 볼 수 있다니 놀라워요."

"1861년 이탈리아가 통일되면서 자국의 '폼페이' 모습이 확연히 드러나기 시작하고. 그런데 이상한 일이 있었던 거야."

"무슨 이상한 일요?"

"당연히 사람도 죽었을 텐데 흔적이 없는 거야. 귀신이 곡할 노릇 아니겠어. 결국 연구진들은 미궁 속으로 빠져들고 말았지."

"사람들이 사라져요? 어디로요?"

무슨 큰일이라도 일어날 것 같은 두려움이었다.

"그런데 고고학자들이 누구겠어? 허술하지 않아. 절대로. 연구를 멈추는 법이 없거든. 다음 세대로 연구는 계속 이어가고 있었어. 바통을 받은 연구진들이 땅을 계속해서 파들어가자 이상한 구덩이들을 만나게 된 거야."

"이상한 구덩이들을요?"

"혹시나 하고 빈 구덩이에 석고를 붓자 충격적인 일이 일어났어. 잿더미의 비어 있는 공간이 사람으로 판명된 거야. 당시 폼페이 시민들은 화산이 폭발하자 도망을 치지 못한 채, 순식간에 녹아내린 게지."

윤슬은 듣는 순간 온몸에 소름이 돋았다.

"고농도의 이산화탄소 때문이야. 수면마취를 하듯 의식을 잃어갔던 거야. 이후 계속해서 퇴적되면서 오랫동안 비어 있는 공간이 되어버렸거든."

　사진으로 보면서도 눈으로 직접 보기 전에는 도저히 믿을 수가 없었다. 당시 아버지께서 쓰신「폼페이 답사기」로 대신한다.

　로마가 BC 89년 전 이 땅을 점령하고, 로마 귀족들의 휴양 목적 별장지로 조성된 도시였다. 이번에 화산재로 폐허된 2,000년 전 도시 형태를 완벽하게 복구한 상태를 보면서, 산업의 분업화가 이미 이루어졌다고 보였다. 빵공장은 동물을 이용한 기구의 제분 시설과 빵을 굽는 시설이 완벽하게 구분되어 있었다. 식당으로 보이는 화로와 술을 보관하는 시설까지 목욕탕과 사우나 등 놀람의 연속이었다. 도로 구성이 마치 바둑판처럼 사통팔달로 연결한 BC 세기의 도시설계에 로마인의 능력과 창의성에 감탄했다.

　　　　　　　　　　　　　　　　　— 윤슬 아버지「폼페이 답사기」 중에서

　사진첩 속에서 발견한 흰 석고 소녀상이 있었다. 그녀는 두 손을 모아 기도하고 있었다. 비어 있는 공간 속에서 흔적도 없이 사라진 그 소녀는 지금 어느 하늘에 있을까? 윤슬과 같은 나이였다.

　그날 이후 궁금증이 날이면 날마다 부풀어올랐다.

4장
르네상스 시대로의 초대

르네상스 시대로의 초대

　서울국립미술관 사무실에 가을 '세계미술사 사학회' 일정이 팩스로 들어왔다. '다양성이 공존하는 고고학의 품격'이라는 주제로 기조 강연 장소가 루브르박물관으로 잡혀 있었다.

　"프랑스 파리에 머물 호텔과 비행기 표를 예약해야겠죠?"

　"세세한 일정은 천천히 알려줄게요."

　아름이가 묻는 말에 답한다.

　파리는 누구나 인생을 살면서 자주 드나들고 싶은 유럽을 통칭하는 문화예술의 도시다. 오래된 도시 로마에 맞설 수 있는 독특한 고전주의 건축 양식이 조화롭게 넓은 공간에 펼쳐져 있다. 넘쳐나는 다른 장르와의 시너지 효과까지를 합하면 실로 놀라운 도시다. 파리를 방문할 때면 세계 미술사 정보의 샛길과 골목을 쫓다가 어떤 시간이 통째로 들어오는 경우가 더러 있기에 윤슬은 언제나 설렌다. 하지만 이번에는 로마 바티칸을 거쳐 피렌체를 먼저 찾아야 할 것 같다.

　새벽부터 부랴부랴 서둘러 인천국제공항 출국장에 도착했다. 실내 온도가 너무 서늘해서 살짝 한기도 느낀다. 장시간 비행기를 타야 하는 고초가 분명 있다. 피할 수 없으면 즐기라고 좁은 이코노미

석에서 애써 오지 않는 잠을 청하다보니 기내식이 나왔다. 비빔밥, 쌈밥, 곤드레밥 등 한식이 주를 이루었다. 우리나라 항공기 편을 이용하길 잘했다. 지루한 시간을 기내 엔터테인먼트에서 영화 〈로마의 휴일〉을 감상했다. 로마처럼 성공적으로 유적지와 궁전이 아우른 도시가 또 있을까 싶어서다. 클래식의 품격이 살아나는 오드리헵번의 아름다운 모습과 그레고리 펙의 신사도까지 영화가 끝나고도 여운이 남았다. 활액 순환을 위해 화장실을 오고 가며 걷는 운동으로 몸을 풀다보니 착륙을 알리는 안내방송이 나왔다. 착륙 40분 전부터 조종사들은 고도를 낮추면서 활주로에 접근을 시도했다. 각종 서비스도 마무리되었다. 착륙과 동시에 비행기에서 내려 입국 절차를 마쳤다.

바티칸미술관에는 한국-바티칸 수교 60주년을 기념하는 〈찬미 받으소서〉 작품이 특별전시 중이다. 옛친구의 작품이 전시 중이라 빠른 감상을 하고 피렌체로 가기 위해 고속열차에 몸을 실었다. 그야말로 몸은 천근만근이다. 꾸벅꾸벅 졸음도 쏟아졌다. 다행히 객차 안은 쾌적하고 넉넉한 수화물 공간을 제공하고 있었다. 푹신한 의자에 몸을 기대고 큰 파노라마 창을 통해 밖을 보았다. 길을 따라 펼쳐지는 전망을 감상하다가 깜박 잠이 들고 말았다. 어느새 열차는 피렌체 역에 도착해 있었다.

커다란 여행 캐리어를 끌고 비몽사몽 간에 내렸다. 회색빛 날씨가 이번에는 변덕스럽게 변하면서 거친 비바람을 몰고 왔다. 부랴

부랴 우산을 펼치고 한쪽 손으로는 핸드폰을 꺼내어 '구글 맵' 검색창에다 '산타마리아' 성당을 입력했다. 그러자 모바일 버전의 공간이 펼쳐졌다. 대충 건물의 위치를 확인했다. 주머니에 핸드폰을 넣고는 밖으로 나왔다.

비를 피하자면 별 수가 없었다. 마침 눈앞에 웅장한 돔 모양의 건물이 버티고 있었다. 어림짐작으로 몇 블록만 걷다보면 이내 도착할 것이기에 안도의 숨을 내쉬었다. 하지만 몇 걸음 못 가서 우산살이 세찬 비바람을 이기지 못하고 뒤집혔다. 울퉁불퉁한 돌바닥에서 캐리어를 끌고 다닌다는 게 여간 불편한 게 아니다. 그렇게 몇 번을 어처구니없이 우산살과 신경전을 하다보니 매번 똑같은 장소로 돌아와 있었다.

'귀신이 곡할 노릇이야.' 한참을 어리둥절한 가운데 다리에 힘이 쭉 빠졌다. 어찌할 바를 몰라 우왕좌왕하고 있을 때 희한하게도 세찬 빗줄기 사이로 작은 반딧불이가 떠돌아다니는 게 보였다. 귀신에 홀린 것도 아니고 환상적인 미디어아트에 들어선 느낌을 받았다. 순간 빗줄기는 간 데 없이 사라지고 각양각색 빛 조각의 둥글고 작은 구슬들이 눈앞에서 들고 날고 있었다.

'이게 도대체? 혹시나 우주 만물과 모든 시간을 축소하지 않고 2~3㎝ 구슬 안에 담을 수 있는 '알레프 3.0?'. 의구심이 발동했다. 우리 자신이 그 안에 살고 있지만, 누구나 다 볼 수 있는 게 아니다. 모든 지점을 포괄하고 있다는. 현실 세계에 존재하지 않는 상상 속 과학

이론으로만 알고 있었다. 그런데 이번에는 크고 작은 빛방울 속에서 이상한 일이 벌어지고 있었다. 특히 파란 구슬 속에서 숱한 기호학들이 보이기 시작했다.

'영문과 숫자, 부호가 마구 엉키어 있는 코드가?'

윤슬은 습관적으로 머릿속에서 수많은 시스템을 해독했다. 어떤 공간 지점 중 하나로 사이버 공간에서 의외로 자주 접하게 되는 코드다. 그것은 온갖 웹사이트 로그인 시에 필수로 사용되고 있다. 단 비밀번호를 알지 못하면, '알레프 3.0' 시스템의 접근이 불가능하다. 디지털시대 정보를 잘 푸는 사람들이 분명 있게 마련이다. 잠금장치를 풀어 비밀번호를 알아내는 사람들, 그들 소수는 그 이상의 것을 볼 수 있다. 그날 묘하게도 윤슬은 '알레프 3.0' 암호를 어렵사리 풀었다. 이탈리아 피렌체에서 길을 잃고 헤매다가 우연히 르네상스 시대로 통과하고 있다는 느낌을 받았다.

'한 시대의 영광을 고스란히 가둬놓은 도시, 피렌체에서 14세기 르네상스 첫 관문을 두드리다니!' 놀람과 동시에 하얀 색으로 윤곽선을 두른 돔 모양의 '산타마리아' 대성당 정문에 와 있었다. 초록과 분홍 대리석 석판의 웅장함과 화려함은 그녀의 시선을 사로잡기에 충분했다. 그런데 성당 정문에서 안으로 통하는 문이 굳게 잠겨 있었다.

'이럴 수가?' 한숨이 절로 나왔다. 길거리에서 헤매다가 관람 마감 시간을 놓쳐버렸다. 속상한 일이 한둘이 아니다. 여행 중에 항상 따르는 게 시행착오다. 맥없이 시청사로 사용되고 있는 '메디치' 가문의 '베키오' 궁전 앞을 지나갔다.

그때 어디선가 심오한 곳에서부터, 슈베르트 사랑의 세레나데가 흘러나왔다. 순간 거리는 따뜻한 온기로 가득 차올랐다. 중세 피렌체 중심지에서 신비함까지도. 좁은 골목으로 통하는 작은 성당의 십자가 상이 눈에 쑥 들어왔다. 노래 가사에 홀린 듯 성당으로 발걸음을 자연스레 옮기자, 내부 왼쪽 재단 바닥에 베아트리체가 잠들어 있다는 표지판과 마주쳤다.

'세상에 이런 일이 다 있나?' 윤슬의 영적 네트워크는 고국에서 문학수업에 열중하던 열일곱 살, 검은 교복 차림의 갈래머리 소녀로 돌아갔다. 사춘기 시절, 가슴 한복판에 그리움이 파고들면서 이상형을 찾던 그 시기로….

'내 첫사랑은 언제쯤 자리할까?' 당시 나뭇가지에 연두색 새순이 돋아나듯 지고지순한 사랑이 자신에게도 돋아나기를 소원했었다. 피렌체 중세 길거리에서 단테의 짝사랑이. 그 다음 순간 아버지의 손에 이끌려 '포르티나리' 가문의 축제에 참석하는 장면이 눈앞에서 펼쳐졌다. 아홉 살 소년 단테가 여덟 살 베아트리체를 처음 보자 자기도 모르게 얼굴빛이 환하게 달아올랐다. 이것은 '찰나'의 눈마주침이다. 불교에서는 '찰나'를 흔히 손가락 한번 튕기는 시간이라고 쓰고 있다. 그날 단테의 눈앞에 나타난 것은 한 인간의 소녀가 아닌 하늘에서 내려온 작은 천사였다.

그 후 9년이란 세월이 흘렀지만 그녀를 잊지 못했다. 피렌체(꽃의 도시) 중심부를 관통하는 '아르노강'을 가로지르는 '베키오' 다리 난간에서 우연히 새하얀 드레스를 입은 운명의 소녀 베아트리체와 두 번째 마주친다. 그녀는 그를 향해 가벼운 미소로 인사를 하고는 그곳을 떠났다. 그날을 단테는 자신의 시집『새로운 삶』에서 천국의 모든 경계를 훔쳐보았다고 적고 있다. 현실은 안타깝게도 갑자기 베아트리체가 24세의 꽃다운 나이로 세상을 떠나고 만다.

당시 피렌체라는 작은 도시는 당파싸움이 한창이었다. 단테는 정치적 틈바구니에서 불손한 자로 쫓겨나게 된다. 이때부터 줄곧 타향으로 전전하면서 고향으로 돌아오지 못한 채 쓸쓸한 죽음을 라벤나에서 맞게 된다. 망명의 시기에 베아트리체를 그리워하며 어두운 시간 속에서 좌절을 겪으면서도 기독교 구원론을 펼친다. 그때 탄생한 것이『신곡』이다. 그녀는 살아 있는 현실적인 여인이었다. 훗날 매혹적인 시적 창조물이자 종교적 상징이 혼합된 모습으로 나타난다. 그 당시 쓴『신곡』은 14세기 이탈리아 르네상스의 선구자 역할을 하면서 불후의 명작으로 평가받는다.

윤슬은 자신이 14세기 이탈리아 르네상스 첫 관문인 피렌체라는 작은 도시로 성큼 들어와 있음을 확인하자, 겁이 더럭 났다. 자신이 살아 있다고는 도저히 믿기지 않았다. 그때부터 당황한 나머지 주변을 힐끔힐끔 둘러보게 되었다. 중세풍 거리에서 누군가 자신을 보고 잔잔한 미소를 머금고는 사람들 숲에서 언뜻 나타났다가는 사라져갔다. 그런데 묘한 일이었다. 그녀는 조선시대 기생복장을 하고 있었다. 검은 머리는 길게 땋아 크게 틀어올린 트레머리로 화려한 한복 차림이었다.

'이게 무슨?' 자신을 스치고 지나가는 사람들 틈에 특별히 후각이 발달한 짐승처럼. '분명 평양기생 황진이 같은데.' 순간 사라지고 없었다. 드라마 〈도깨비〉에 나오는 주인공 김신도 자신을 알아보는 사람이 없어 때로는 너무 외로웠다고. 그래서 뒷걸음으로 걸었다는데…. 그녀 또한 뒷걸음질치고 있는지 모른다.

서울국립미술관 연구실에서 16세기 조선 여류 화가의 산수화를 기대하다가 뭉그러진 화폭과 맞닥뜨렸을 때의 당혹함이 또다시 되살아났다. 여성 특유의 응어리가 가슴을 저미고 목까지 차올랐을 때, 로렌초 회당으로 난 길이 얼핏 보였다. 희한한 일이다. 매번 길을 잃고 헤맬 때마다 누군가 자신의 등을 떠미는 온기를 느낀다.

'아니 저곳은?' 좁은 골목길에서 희미한 불빛이 새어나오고, 불빛을 더듬다보니 시야가 서서히 넓어졌다. 누군가 윤슬의 마음을 훔쳐보기라도 하듯 매번 그녀가 바라던 그 장소에 와 있었다.

'메디치 도서관이라니?' 산 로렌초 성당 내에 들어왔다. 르네상스 천재들의 지식 공간, 빛의 도서관이다. 도서관 입구는 검은 돌로 만들어진 계단이다. 변주를 두어 중앙 계단을 둥근 곡선으로 처리해 놓았다. 곡선의 계단을 보자, 갑자기 어둠의 무지에서 벗어나 인본주의 빛의 세계를 향해 나아가고 있다는 착각을 일으켰다. 돌계단을 하나씩 밟고 안으로 들어서자 대리석 바닥이 드러났다. 그 가운데 고급스러운 붉은 카펫이 깔려 있었다. 발소리를 줄이기 위해 설치했다지만 부의 상징처럼 보였다. 천장은 고즈넉하기 그지없는 목조로 설계되어 있다.

미디어아트가 따로 없다.

컴퓨터로 조절하고 전광판을 이용하여 빠른 속도로 지나가는 원색의 강렬한 빛 속에 들어와 있는 느낌을 받았다. 서가는 로마의 만신전과 '파르테논'을 연상케 하는 3층 높이의 원형이다. 묘하게도 원형 서가에 동서양의 서책들이 가득 꽂혀 있는 게 눈길을 끌었다. 높은 서가로 오르내리는 사다리도 놓여 있다.

순간 시간의 온도를 감지한다.

고유하고 전통적인 가치를 논하는 동양 젊은이들의 모습까지도 눈에 들어왔다. 검은 머리를 땋은 한복을 입은 소녀들과 도련님 복장을 한 청년들도 있었다. 그들은 『천자문』과 『동몽선습』, 『명심보감』, 유교의 사서육경과 『명심보감』과 『대학』까지도 읽고 있었다.

'우리나라 조선 성균관이 아니고서야?'

일리아드 오디세이 작품을 논하는 유럽 젊은이들도 함께였다. 시공간에서 각자 자기들의 세계를 개척하는 젊은이들로 가득했다. 그들은 때로 어른들 몰래 술래잡기도 하다가 깔깔 웃으면서 다급히 헤어졌다. 어쩌면 현대 커뮤니케이션의 주요 수단인 대중매체를 미술에 도입한 신기술로 보인다.

'알레프 3.0'은 히브리 문자의 첫 번째 글자에 숫자로는 '1', 수학에서는 무한집합의 크기를 말한다. 이 세상에 존재하는 모든 것이 2~3㎝의 구체에 응집되어 있다니. 미디어 개발이 놀랍기만 하다. 도서관 설계는 르네상스의 거장 '미켈란젤로'가 했다. 동서양을 막론하고 서가에 꽂혀 있는 중세 책은 소중한 세계적인 자산이다. 당시 귀족층 소수만이 독점했던 값비싼 보물들이다. 그런데 이곳 유럽 최초의 도서관에서 동서양의 청소년들과 서책을 만나다니 실로 가슴 벅찬 일이 아닐 수 없다. 그 옛날 '메디치' 가는 모든 피렌체 시민들에게 도서관을 개방해 귀중한 장서들을 공개했다는 증거다.

　문득 강릉 초당 허균 생가 뜨락도 창밖으로 겹쳐 보인다. 동해의 파도 소리가, 경포호로 통하는 뒤뜰은 소나무가 울울창창하다. 그곳 넓은 터 별당 한옥 건물의 현판에 '호서장서각'이라고 쓰여 있다. 허균이 세운 공공도서관이다. 16세기 두 차례에 걸쳐 명나라를 다녀오면서 책을 강릉으로 실어왔다. 당시 허균이 중국에서 사들인 수만 권의 책들이 가득 꽂혀 있었다. 배움을 깨우치고자 하는 초당 주민들을 위해 열람이 가능했다.

　내가 마침 명나라 사신으로 갈 일이 있어 그것으로써 육경六經, 사서四書를 비롯해 『성리대전』『좌전』『국어』『사기』『문선』과 이백·두보·한유·구양수의 문집, 그리고 사륙변려문, 『통감』 등의 책을 연경에서 구해왔다. 이 책들을 바리바리 실어 강릉 향교로 보냈는데, 향교의 선비들은 논의를 거치지 않았다 하여 사양하였다. 나는 경포 호숫가에 있는 별장으로 가서 누각 하나를 비워 그곳에 책을 수장하였다. 고을의 선비들이 빌려 읽고자 하면 읽게 하였으며, 다 읽으면 반납하도록 하였다. 이렇게 하여 공택산방 고사와 같게 되었으니 유인길 부사가 학문을 일으키고 인재를 양성하려는 뜻을 이루었다고 할 수 있다. 만약 의관과 문필을 갖춘 선비들이 이곳을 찾아 숲속 나무들처럼 줄을 이어 옛날 융성하던 시절처럼만 된다면 나도 기여 공로가 있지 않을까. 이 어찌 행운이 아니겠는가?

— 허균 「호서장서각기湖墅藏書閣記」 중에서

이탈리아 르네상스 시대, 14~16세기는 기독교 신앙과 이성이 대립하는 시기였다. 다빈치는 이탈리아 피렌체에서 한 시골 여인의 사생아로 태어났다. 그가 이탈리아를 떠나 프랑스 궁전으로 향한 이유는, 포도주 맛처럼 뒷맛이 씁쓸하니 달콤하고 몽환적이다. 인간 중심의 상호보완적 관계로 출발하려는 문제의식을 지닌 신인 화가들은 그림 속에 비밀을 숨겨놓았다.

다빈치는 〈최후의 만찬〉에서 자신의 코드를 심어 자유로운 방식으로 도전했다. 하지만 성공하지 못했다. 허균도 『홍길동전』에 자신의 비밀을 숨겨놓았다. 차별 없는 세상, 약자가 살 수 있는 세상을 꿈꾸었다. 하지만 그가 대역죄인으로 몰리면서 변론의 기회조차 없이 능지처참을 당했다. 시대를 거슬러 나라를 잃거나 쫓겨난 천재 예술가들의 슬픔은 세상천지에 가득하다.

'알레프 3.0'이 보여주는 동서양의 세상은 진솔하고도 대단한 것이 되었다. 메디치 가문의 도서관을 나와 길에서 르네상스를 정의하는 〈당신의 손, 당신의 분노〉 아이콘과 마주쳤다. 올해로 꽉 찬 나이로 516살이 되는 미켈란젤로의 다윗 대리석 조각상이다.

그는 피렌체 공국의 의뢰를 받아 르네상스 시대 16세기 1501년에서 1504년 사이 3년에 걸쳐 대리석 한 뭉치로 조각상을 만들었다. 이 도시의 수호성인으로 피렌체 성모 대성당의 돔 공사가 시작되기 전이었다. 〈다비드상〉은 돔 옆에 설치할 계획이었다. 하지만 무게가 6톤 넘는 대리석을 돔 꼭대기까지 이동은 불가했다. 미켈란젤로는 다빈치와 같이 동시대 인물이다. 당시 26세였다. 그는 다빈치와는 달리 이미 메디치 가에서 인정한 유명한 예술가였다.

다비드상은 왈가왈부 끝에 피렌체 권력 중심부였던 '시뇨리아' 궁전 광장에 설치하기로 수정되었다. 특히 남근은 잎사귀로 가리기로 했다. 370년 동안 노천에 있던 이 작품은 반反메디치 폭동시위 때는 왼팔이 동강났고 다시 두 차례나 공격을 받았다. 인본주의 르네상스 시작을 알리는 조각상은 성경 속 인물인 소년 다윗을 묘사했다. 인체 입상에 있어서 사실에 기반한 실제와 같은 해부학적 인체 조형이면서 매우 상세한 예술적 감성을 보여주고 있다. 이스라엘의 위대한 왕 다윗의 청년 모습을 예술적으로 위엄있게 표현해냈다.

이로써 미술사에서 가장 상징적인 작품의 주제가 된 것이다.

성당이 아닌 곳에 세워진 '다비드'는 단순한 종교적 인물이 아니라 다른 약자, 피렌체를 우화적으로 표현하는 인물로 자리매김했다. 오른손에 쥐어진 돌팔매가 팽팽한 긴장감으로 다가왔다. 가득한 손등의 맥동, 강력한 에너지가 담긴 손이다. 작은 도시 피렌체 공국은 사방으로 거인 국가의 위협을 받고 있었다. 말하자면 〈다비드상〉은 피렌체를 지켜줄 도시 수호신으로 제작한 것이다. 미워하고 분노하는 인간상을 상징하는 휴머니티라고 보면 된다.

그 인본주의가 바로 르네상스 정신이 되어 확장되어 갔다.

피렌체를 뒤로 하고 프랑스 파리로 가기 위해 유럽행 고속열차에 오른다. 객실에는 지구촌 낯선 유럽사람들이 있다. 밤 풍경 속으로 감미로운 음악이 흐른다. 열차 바에서 치즈 몇 조각을 곁들여 포도주를 마시고 있다. 일정한 선로를 따라 달리는 열차 속에서 마시는 술맛이란, 순간이동처럼 몽환적이다.

이탈리아 국경을 지나면서 '샤갈'이 사랑한 프랑스 마을, 지중해 '프로방스'가 보이기 시작했다. 예술가의 영적 길을 잃지 않기 위해 누군가 변장술이라도 부린 듯싶다. 샤갈에게는 유대계 러시아인으로 망명의 시간이 있었다. 차고 어두운 한 지점에서 길을 잃고 헤매는 굴욕의 사건들이 길게 놓여 있게 된다. 뜻밖에도 신은 그에게 지중해의 태양과 쪽빛 바다를 선사했다. 그를 세계적인 색채 화가로 탄생시켰다. 생이란 어쩜 여러 개의 객실로 연결된 하나의 열차인지도 모르겠다. 다채로운 꿈을 꾸거나, 기이한 경험에 휩쓸리는 경우가 전혀 낯설지 않다. 투명한 잔의 오목 들어간 목 부분을 빙글빙글 돌린다. 혀끝에 감도는 포도주의 맛을 음미하면서 환상의 나래를 편다.

"샤갈이여! 말해봐요. 이 술잔의 의미를! 세상은 몇 겹의 옷을 벗어던지고, 돌고 돌아 결국 제자리로 돌아가는데. 당신은 사후 사랑하는 아내를 만나 러시아 고향마을로 숨어들었는지를요? 전쟁도 혁명도 히틀러도 당신을 꺾지 못했어요. 혁명의 소용돌이에 휘말려 사랑하는 러시아 고향에서 내쳐졌을 때 쓰라린 고통을 어떻게 견뎌냈나요? 삶의 길목 곳곳에서 절망과 허무함이 당신의 발목을 잡았었죠. 하지만 당신은 사랑하는 아내 '벨라'와 함께 하늘을 수없이 날아올랐어요. 끝내 세계적인 색채 화가로, 위대한 삶을 산 당신에게 축배의 잔을."

포도주 몇 모금에 취해 그만 깊은 잠에 빠져들고 말았다. 어느새 햇살이 객실 안으로 가늘게 비치고 있었다. 이번 파리 루브르에서 열리는 '세계미술사 사학회'는 또 어떤 민낯으로 다가올지 벌써 궁금해졌다. 새벽 공기를 가르며 지중해 남부 연안을 거쳐 중북부를 향해 달린다. 열차는 바퀴가 선로와 맞닿는 마지막 지점에서야 끼

익하며 멈췄다. 종착역에 도착을 알리는 안내방송이 흘러나왔다. 세련된 고층 건축물들이 파노라마 창으로 즐비하게 들어와 있었다.

프랑스 왕국의 수도, 파리에 도착한 것이다.

영화 〈다비치 코드〉에 등장하는 박물관 유리 피라미드가 눈앞에 있다. 박물관 입구를 제대로 찾아온 모양이다. 이 건물은 막강한 프랑스 군주 권력의 상징물로 보인다. 세계사 책장을 한 장씩 넘기듯 루브르박물관 전체는 언제 와보아도 고풍스럽고 웅장하다.

'루브르' 하면 가장 먼저 떠오르는 것이 '박물관'이다. 그리고 약탈의 문화라는 생각에서 벗어날 수가 없다. 사실 이곳은 파리를 지키던 요새이자 왕궁이었다. '프랑스와 1세'가 루브르 중세의 성을 부수고, 그 위에 르네상스풍의 궁전을 지었다. 처음에는 요새에서 다음은 왕족을 위한 화려한 궁전으로 마지막에는 일반인을 위한 박물관으로 실로 놀라운 변화를 겪었다.

"세계 망명길에 오른 예술가들이여! '루브르'는 안전한가요? 나폴레옹 시대 엄청난 전쟁 전리품으로 무장한 이곳에서의 탈출을 꿈꾼 적은 없었는지요? 말해봐요. 동서양을 아우르는 르네상스 14세기에서 16세기의 주역들이여! 그대들은 사랑에 몸을 내맡기고 광기를 갈망하고 이성에 몸을 맡긴 채 인류의 전설이 되었는가요? 특히 암호로 글쓰기를 즐긴 괴짜 다빈치여! 그대는 끈질긴 자아에서 가벼워졌는지를요."

윤슬은 고고미술사학자로서 세기의 예술가들을 위로라도 하듯 박물관 입구에서 독백을 쏟아놓는다. 시간은 견고한 역사의 매듭이다. 루브르는 눈으로 입증해주고 있었다. 내부 관람은 관광객들로 무지하게 붐볐다. 지하 출입문으로 통하는 유리 피라미드는 '나폴레옹 3세 뜰' 중앙에 위치하고 있었다. 주위를 3면으로 둘러싸고 있는 박물관 건물과 지하 통로는 서로 연결되어 내부로 들어갈 수 있었다. 유리와 돌을 사용한 피라미드의 투명성을 그대로 유지해준 나선형 계단을 통해 내려가자 입장권 판매와 안내 창구가 자리하고 있었다.

그런데 이게 뭔가? 붐비는 박물관 입구에서 '알레프 3.0'이 어느 틈에 불쑥 나타났다. '요놈이?' 허공 속, 조그만 구슬 눈동자가 자신을 따라오라는 시늉까지 했다. 제법이다. 친숙해진 느낌이다. 따라가다 보니까 순식간에 하늘을 찌를 듯한 곧게 뻗은 '메타세쿼이아' 나무들이 있는 나폴레옹 3세 뜨락에 와 있다. 웬걸 개선문 위에 베네치아에서 가져온 네 마리의 황금 마상이 보였다. 개선문이 남의 옷을 얻어 입은 듯 거북했다. 그 찰나에 부채꼴 루브르궁 전시실 방들이 수없이 펼쳐지고 있었다. 반가움이 교차되면서도 난감했다. 수많은 전시실 어디로 발걸음을 옮겨야 할지 몰라 망설였다. 그때 갑자기 노란 햇살을 토해내면서 노란 화살표가 나타났다.

'이제야, 살았구나.' 반가움도 잠시 샛노란 빛에 갇혀 또다시 의기소침해졌다. 그때였다.

"자. 네. 는. 누. 구. 신. 가?"

굵직하고 점잖은 목소리가 박물관 울림통으로 들려왔다. 주변을 두리번거리자 박물관 액자에 갇힌 한 사내가 뚫어지게 윤슬을 보고 있다. 게다가 익살스럽고도 호탕하게 웃기까지 했다. 괜스레 화가 치밀어 실룩거렸다. 그의 표정을 주의 깊게 살피자 뜻밖에도 선한 눈빛을 가진 왕관을 쓴 잘생긴 사내였다. 얼굴선이 굵은 남자였다. 반가움에 콧마루가 시큰거렸다.

"짐은 '프랑스와 1세'다."

왕의 초상화가 말을 하고 있었다. 동시에 박물관 전체가 갑자기 살아나면서 작품들이 눈에 들어오기 시작했다.

"어머나 저 그림은?"

'모나리자' 초상화 그림을 가리키자, 그가 고개를 끄덕였다.

드농관 1층 711호 전시장에 와 있다는 안도감이 물결쳤다. '프랑스와 1세'는 지금 다빈치와 한자리에서 행복한 시간을 보내고 있다는 현실감에도 눈을 떴다. 모나리자 전시실 안에 왕의 초상화가 있기 때문이다. 왕은 프랑스 영토 확장의 명문으로 이탈리아 밀라노를 침공한다. 르네상스 문화를 접하게 되면서 서서히 매료되어갔다. 왕은 예술가에 대한 깊은 존경과 흥미까지 더하여, 이탈리아 밀라노 총독에게 도움을 청한다.

한 예술가를 자신의 나라 프랑스로 초대하고 싶다고….

왕은 1516년 여름, 당대 보잘것없는 한 늙은 이탈리아 화가를 프랑스 최고의 화가로 임명한다. 천재를 향한 나팔 소리는 없었다. 하지만 상대의 능력을 인정하고, 정신적 스승으로 받아들이려는 왕의 담대함이 드러나는 시점이다. 다빈치는 3년이라는 짧지만은 않은 시간을 왕과 함께 보내고는 프랑스 국왕의 여름 별장에서 그만 세상을 떠나고 만다. 왕은 슬픔을 가누지 못한 채, 화가가 애지중지하던 작품 하나를 소중히 거두게 된다.

〈모나리자〉가 지금 루브르에 있는 이유다.

다빈치가 늘 곁에 두고 손을 보며 아꼈던 특별한 작품이다. 무려 16년이라는 세월을 두고 완성되었다. 마지막 죽음을 앞둔 다빈치는 '프랑스와 1세' 왕의 따뜻한 호의에 감사를 표하는 뜻으로 〈모나리자〉를 선물로 남겼다. 초상화는 세상에 이름을 널리 알려지면서, 도난을 당한 적이 많았다. 게다가 복제품이 너무 많아 진품을 찾기가 어려웠다. 하지만 다빈치 지문이 남아 있는 것을 찾아내어 다시 '루브르'에 전시하게 되는 우여곡절을 겪게 된다.

지금은 듬직한 액자에 방탄유리까지, 펜스를 둘러쳐놓아 상당히 멀리서 감상해야 하는 위험부담이 있다. 게다가 정면을 보고 있는 〈모나리자〉는 상당히 위험하다. 당 시대 정면을 봐도 되는 여성은 '이브' 아니면 '성모 마리아'뿐이었다.

그래서일까?

'모나리자의 저주'라는 말까지 등장한다.

이는 '책 읽는 여자는 위험하다'라는 말로 바꿔도 무방해 보인다.

역사적으로 말하자면, 당시 유럽에서는 남성들에게 여성의 책 읽기는 위협적이었다. 책을 읽는 여성들은 세상과의 소통을 원할 뿐이다. 그럼에 불구하고 권력자의 눈에는 분명 위험부담이 있다. 동서를 막론하고 남성은 존귀하고 여성은 비천하다는 남존여비 관념이 지배적이었다. 여자는 남존여비의 오랜 역사 속에서 스스로 남자를 존대하고 자신을 비하하는 태도를 취하는 경우가 많았다.

여기에 키워드는 열린 사고가 중요해 보인다.

'자유, 평등, 박애' 프랑스 혁명의 정신이 꽃을 피울 수밖에 없는 이유기도 하겠다. '루브르'는 격변하는 프랑스 역사의 중심 무대가 되었고 왕실의 보물들은 '프랑스 대혁명 이후' 시민들에게로 돌아갔다. 박물관이 그 얼굴을 바꾸는 역사적인 사건이다. 권력의 힘은 박물관이나 왕실로 이어졌다. 전시된 작품들은 몰락한 왕가나 귀족과 교회에서 징발된 수집품과 나폴레옹 시대 전장에서 가져온 전리품들로 가득차게 되었다.

역설적으로 루브르박물관에는 유럽 사람들이 있다.

각자의 삶을 살다간 사람들의 작품이 전시되어 있기에. 만약 유럽의 온갖 혈통의 초상화가 여기에 없다면, 우리는 살아 있는 유럽 문화를 어디서 만나겠는가?

당시 필요와 소망들로 초상화는 화가들의 손에 의해 발달되었다.

우리는 이들의 눈을 통해 유럽의 과거를 보고 있다.

다빈치코드 1

지난 날 워싱턴DC에 잠시 자리잡고 살 때를 윤슬은 떠올렸다.

그곳 국립미술관을 자주 서성거렸다. 주차장이 넓어 언제든 주차가 가능했다. 입장료도 무료라 경제적 부담도 없었다. 다빈치가 그린 그림 중, 유일하게 유럽대륙 밖에 있는 〈지네브라〉 초상화 앞에 섰을 때, 감흥은 잊을 수가 없다. 무심하게 빤히 보면서, 슬픈 눈빛으로 다가와 그녀를 한눈에 매혹시켰다. 미국이라는 위상과는 달리, 너무 쉽게 접근할 수 있는 곳에 있는 덕분이다.

누구는 명화의 운명은 365일 관객을 위해 그냥 거기에 걸려 있는 그림이라 하지만, 윤슬에겐 아주 특별했다. 이탈리아 르네상스 시대 화가 다빈치의 첫 초상화라는 사실이 당시로는 대단했었다. 〈모나리자〉와는 달리 그냥 자유롭게 언제든 어떤 제재도 없이 만날 수 있다는 장점이 있었다. 모든 박물관이 무료인 이곳 워싱턴DC에서는 입장료를 낼 필요가 없다. 곧장 미술관으로 입장하면 된다. 몇 걸음 가지 않아 1층 중심에 실내 원형 분수대를 만나게 된다. 중앙 분수를 지나 브론즈 회랑 옆 유럽 전시장으로 들어가면 그만이다.

바쁜 일상 속에서도 르네상스 시대 15세기 '이탈리아 피렌체' 여인이 기다리고 있다는 상상만으로도 기분이 아주 좋아졌다. 편안함이 평범함이 소박함이 이 여인을 만나는 과정이다. 이것이 미국 전시관의 특징이기도 하다. 왕이나 귀족이 아닌 처음부터 일반 시민을 대상으로 문을 연 덕분이다. 〈모나리자〉처럼 방탄유리라든가, 전시장에 펜스를 둘러쳐놓은 보호선이 없다는 것이 그 중 하나의 증거다.

처음 마주치던 윤슬의 몸에 너무 많은 소셜 미디어를 남겨놓았다. 소셜 미디어social media는 개방, 참여, 공유의 가치로 요약되는 웹 2.0시대의 도래에 따라 소셜 네트워크의 기반 위에서 개인의 생각이나 의견, 경험, 정보 등을 공유하고 타인과의 관계를 생성 또는 확장시킬 수 있는 개방화된 온라인 플랫폼을 의미한다. 다빈치의 첫 초상화가 유럽이 아닌 북아메리카 워싱턴DC 국립미술관에 있기에, 그림 애호가들이 이곳을 찾게 되는 이유라고 봐도 무방하다.

어떻게 보면 이민국의 나라로 역사가 짧은 거장의 나라답다. 서부활극으로 유명한 척박한 환경을 발전시켜주었다는 대가이기도. 암튼 이렇게 차가운 여인의 초상화가 또 있을까 싶다. 아예 닫힌 마음으로 평생 말하지 않으려는 것으로 보인다. 그녀는 피렌체 유명한 은행가 가문의 딸이다. 메디치 가문 다음으로 재산이 많은 집안으로도 유명하다.

16세기 정략결혼을 앞둔 '지네브라' 여인의 비애가 캔버스 앞에 젊은 다빈치와 마주하고 있다. 다빈치는 1452년에서 1519년 약 15년의 간격을 두고 대표적인 여인 초상화 세 점을 그렸다. 〈지네브라 데 벤치〉와 〈체칠리아 갈레라니〉 그리고 〈모나리자〉가 바로 그들이다. 피렌체는 사랑에 대해 다소 관대했던 것 같다. '뱀보'라는 늙은이가 어린 그녀를 사랑한다고 공공연하게 말하고 다녔다고 한다. 이 사람이 다빈치에게 그림을 주문한 사람이다. 그 증거가 초상화 뒤쪽에 남아 있다. 초상화 뒷면에 그림이 월계수 나무와 야자잎이 그려져 있다. 이것은 '뱀보' 가문의 상징이다. 또한 다빈치 손가락 지문으로도 확인할 수 있었다. 그는 그림을 그릴 때 습관 중 하나가 손으로 물감을 문대는 것이었다.

이탈리아 피렌체 '뱀보' 가문의 초상화가 베네치아를 거쳐 리히텐슈타인 공국으로까지 갔다고 한다. 최근에는 북아메리카 워싱턴DC 회화관으로 자리를 옮겼다는 이야기가 된다. 스위스 국경을 넘으면 알프스 산기슭에 리히텐슈타인이라는 작은 나라가 있다. 우리나라 강화도 크기의 리히텐슈타인은 신성 로마제국이 해체되면서 독립국이 되었다. 동화처럼 아름다운 작은 성 '파두츠'에는 그 옛날 왕가의 숨결이 느껴질 것이기에. 윤슬은 16세기 지네브라 여인의 비애를 연구하자면 여기서 멈출 수가 없었다.

윤슬의 내면에 엄청난 에너지원을 비축하지 않고서는 따라잡기 어려운 여정이다. 일단 시작한 일이라 끝까지 추적해야 했다. 조선 여류 산수화가 여인과는 동시대 여인이기에 더욱 이끌렸다. 어렵사리 리히텐슈타인에 들어왔다. 그곳 길을 걷다가 우연히 파두츠 광장에서 노신사와 마주쳤다. 그는 지난 피렌체에서 같은 열차 옆 좌석에 앉아 있던 바로 그 노신사였다. 다시 만난 그가 더 놀란 눈으로 윤슬을 바라보았다. 왠지 그의 옷깃에서는 클래식 음표의 선율들이 엿보였다. 이목구비가 또렷한 전형적인 유럽인의 얼굴에 오늘은 검은 넥타이에 정장 차림이다. 희끗희끗한 회색빛 머리카락과 턱수염으로 인해, 삶의 깊은 연륜까지도 묻어났다.

노년 특유의 세련미랄까?

여행하다 낯선 거리에서 가끔 휘청거리게 되는 경우가 있다. 만난 적이 있는 듯한 착각 속에서, 자신을 유심히 바라보는 상대방의 눈과 마주칠 때다. 상대가 아름다운 영혼의 소유자라는 의식이 들 때도 그렇다. 그 둘로 인해 길 위에서 한참을 서성거리게 된다. 가끔 구름 위를 둥둥 떠다니는 자유로운 영혼의 소유자가 된 듯 희열을 맛본다. 그러다가도 동양인이라는 차별대우로 인한 차가운 현실은 나락으로 떨어뜨리기 일쑤였다. 불친절한 말투가 귀에 거슬리는 적이 여러 번 있었다. 그날은 어떤 영문인지 호기심에 가득찬 따듯한 눈길을 주던 노신사가 길거리에서 긴 호흡을 가다듬고 있었다. 광장 전체가 긴장되는 순간이었다. 잠시 후 중저음 바리톤의 목소리가 광장의 울림통으로 터져나왔다.

내가 힘들거나 내 영혼이 너무 지쳤거나 괴로움이 밀려와 내 마음이 무거울 때, 당신이 내 옆에 와 앉으실 때까지 이곳에서 조용히 당신을 기다린다.

〈You raise me up〉의 한 소절이 끝났다.

그 울림은 깊고도 은밀했다. 주변의 외로운 영혼들을 무수히 빨아들이기에 충분했다. 윤슬의 눈동자도 어느새 붉게 물들었다. 갑자기 순수한 어린아이로 돌아가는 기분이었다.

리 선배와 함께라면 얼마나 든든할까? 몇 번이고 곱씹어보았다. 홀로 다닌다는 게 얼마나 적요한지를? 낯선 여행지에서 남달리 감수성이 예민한 탓일게다. 그도 아니면 많이 지쳐 있거나….

'파두츠' 광장을 지나가던 사람들도 마치 자석처럼 이끌리어 노신사를 향해 반원을 만들었다. 청중은 소리 없이 다음 소절로 이어지는 노래를 경청했다. 좋은 노래는 사람들의 지친 영혼을 부드럽게 어루만져주었다. 노래가 끝나자 사람들은 박수를 아낌없이 보냈다.

길거리 공연은 끝났다.

그는 정중한 인사로 답례하고는 그곳을 떠나갔다. 동서양을 막론하고 인간에게 다가오는 순간순간의 적적함은 모두가 똑같은 것 같다. 마음이 무겁거나 홀가분하거나 간에 삶 자체가 외롭다는 것을, 윤슬은 노신사가 들려주는 노래로 인해 잠시 위로를 받았다. 그의 젖은 목소리와 우수에 가득 찬 가사는 바람처럼 그녀의 마음을 훔치고 지나갔다. 혼자라는 게, 먼 타국에서도 그리움은 멈추는 법이 없다. 순간순간 격하게 밀려왔다.

"리 선배 듣고 있어요?"

한 마디 툭 뱉다가 눈물까지 글썽였다. 그러다 가까이에 눈 덮인 알프스 설산이 놓여 있다는 것을 인식했다. 그 설산을 배경으로 '파두츠' 중심에 높이 솟아 있는 고성이 눈에 들어왔다. 마치 꿈을 꾸는 듯했다. 디즈니영화 첫 장면에나 등장하는 아름다운 작은 고성이었기 때문이다. 성문 앞에는 높이 솟은 깃발들이 휘날리고. 그 순간이었다. 광장에서 노래를 부르던 노신사의 뒷모습이 잠깐 보였다. 삼각 구도의 뾰족한 성곽의 모서리를 스치고 그는 지나갔다.

'저분은 왜 저곳에?'

문득 깃발의 문장까지도 눈에 꽂혔다.

'월계수와 야자잎!'

어디선가 본 듯한 한참을 기억의 창고에서 뒤적이다가 '뱀보' 가문의 상징이 틀림없다. 아버지뻘 되는 '뱀보'라는 늙은이가 보이는 듯했다. '지네브라'를 사랑한다고 이탈리아 피렌체 작은 도시에 공공연하게 말하고 다닌 작자다. 괜히 울화가 치밀어올랐다.

어느 사이 해는 알프스 서산에서 뉘엿뉘엿 넘어갔다. 알프스를 배경으로 작은 고성에서 다시 숨을 고른다. 다음날 이탈리아 베네치아로 향했다.

*

다빈치코드 2

베네치아는 물 위에 세워진 수많은 섬과 운하로 신비한 매력을 풍기고 있다. 반짝이는 석호와 물속에 비치는 어슴푸레한 아치들이. 그 풍경 속으로 젊은 백작이 보였다. 파란 눈과 검은 수염을 가진 자신의 곤돌라에 기대고 앉아 있다. 검은 망토를 어깨에 걸치고, 베네치아 운하를 깊숙이 바라보고 있는 사나이의 옆모습이 해질녘 옅은 불빛 속에서 빛났다.

그가 탄 곤돌라는 황금바다 말 장식으로 치장되어 있었다. 훤칠한 외모의 뱃사공은 좁은 운하를 따라 미끄러지듯 앞으로 노를 저어나갔다. 주변의 모든 풍경은 낭만이 넘치는 귀족적 품위를 자아내고 있다. 하지만 젊은 백작의 얼굴에는 수심이 가득했다. 어딘지 모르게 낯설고 애잔함까지도 느껴졌다.

16세기 유럽에서 가장 강력하며 자유로운 도시국가였던 베네치아조차도 선량한 서민들은 빈곤하게 살았다. 당시 현실을 다룬『베니스의 상인』을 보면 잘 알 수 있다. 악독한 유대인 사채업자에게 큰 빚을 진 선량한 '안토니오'의 가슴살 1파운드를 베어가겠다고 제안한 내용은 황당하고도 우연적인 사건으로 보인다. 물론 기본적으로 웃으려고 보는 희극이겠지만 당시 셰익스피어는 자비심의 본질을 보여주고 싶었는지도 모르겠다.

베네치아는 그리스 크레타섬 지하 미로가 떠오를 만큼 복잡한 골목길과 운하 사이에 빼곡히 둘러싸여 있다. 알록달록한 건물이 해질녘 빛을 받아 바다 물결에 출렁였다.

베네치아에 숨어들어온 백작의 고뇌이기도 할 터였다.

"돌아오셨습니까? 백작님! 저녁 식사를 준비할까요?"

"오늘은 됐소."

집사는 더 이상의 말을 하지 못했다. 급한 비보를 전해듣고, 피렌체에서 돌아온 주인의 얼굴에서 피로에 지친, 연민에 가득 찬 슬픔을 보았기 때문이다. 백작은 현관을 거쳐, 찬 기온이 감도는 어두운 복도를 힘없이 걸어가다가 그만 걸음을 멈추고 만다. 복도 벽에는 그가 평소 아끼는 소장품들로 가득했다. 크고 작은 조상들의 초상화로부터 고품격의 그림들이 전시되어 있었다. 행복하거나 즐거운 모습이라고는 찾을 수 없는 한 여인의 차가운 초상화 앞에 그는 걸음을 멈췄다. 좀처럼 흔들리지 않을 강인한 성품의 그가, 슬픔을 가누지 못한 채 몸을 조금씩 비틀거렸다. 그러면서 자신의 3층 서재로 발길을 옮기고 있었다.

지중해 높다란 건물, '마가' 성인을 모신 산마르코 성당과 두칼레 궁전이 인접해 있는 곳에 그의 저택은 있다. 물의 도시가 한눈에 내다보이는 곳이다. 집사는 불을 붙이기 위해 마련된 나무 막대로 서재에 놓인 램프 아홉 개를 하나씩 켜갔다. 서재에 보관된 수백 권의 책들이 부드럽게 색을 발하자 그가 집사에게 말한다.

"고맙소. 돌아가서 쉬도록 해요."

집사가 고개를 끄덕이며 묵묵히 돌아가자, 그는 서재에 마련한 푹신한 안락의자에 힘없이 주저앉는다. 피로에 지친 그가 눈을 감자, 골동품 시계가 작동을 시작한다.

드디어 그의 무의식은 움직이는 잔상들로 가득 차올랐다.

먼저 백작이 타오르는 불길 속에 악을 쓰고 있는 장면이 나타났다. 다음은 높다란 담벼락으로 둘러쳐진 감옥에 갇힌 죄수로도 허망하게 떠다녔다. 폭풍우가 몰아쳐 항로를 잃고 한없이 떠밀려가는 망망한 바다 위 홀로 표류하고 있는 적막함까지도 동반하는 환상들이었다. 그는 다급하게 휘몰아치고 있는 자신의 무의식을 쫓고 있다. 그 사이에 그의 얼굴은 잔뜩 겁먹은 일그러진 영웅의 모습으로 변하는가 하면. 두려움에 떨며 바짝 움츠리고 있는 가엾은 젊은 죄수의 표정으로도. 갖가지의 영상들이 빠른 속도로 빛 사이를 오고 갔다.

급기야 서재에 켜놓는 아홉 개의 램프 불빛이 동시에 꺼지고 말았다. 컴컴한 어둠 속에서 곱게 빗어내린 긴 머리카락의 젊은 귀족 여성이 무표정의 얼굴로 그에게로 다가왔다. 그가 놀란 얼굴로 자리에서 일어났다.

"지네브라! 지네브라!"

소리친다.

"천상에서 예까지 기어이 오셨구려. 얼마나 보고 싶었는지 모른다오. 고맙구려!"

백작의 두 눈에서는 피눈물이 고여 흘러내렸다.

'그때는 사람이 아니었소.' 그가 몹시도 사랑한 여인 지네브라가 자신을 찾아온 것이라고 착각한다. 백작은 청년 시절, 피렌체 본가 서재에서 남몰래 나누던 그녀와의 첫 키스와 뜨거운 포옹은 훗날 그의 가슴에 오래도록 남아 설레게 했었다. 때로는 뜨겁게 욕정으로도 달아올랐다. 훗날 결혼을 약속한 내밀한 그들의 사랑은 마치 아침 바다에 나부끼는 은빛 파도와도 같았다. 아름답게 잔물결쳤고 신의 축복처럼 여겼다.

그러나 질투의 화신 '헤라'는 그들의 사랑을 시기하기 시작했다.

느닷없이 먹장구름을 몰고 와서는 막다른 골목에서 이별을 통고받고 말았다. 백작이 그 시절 경험해야 했던 실연의 눈빛과 침묵은, 어느 망각의 바다, 기억의 벽 너머에서 출렁이고 있을까?

그녀의 결혼 소식을 듣고 몇 년 후 뜻하지 않게 부고 소식까지를 접했다. 장례미사가 열리는 가족성당으로 그는 남몰래 달려갔다. 붉은 십자가 무늬가 새겨진 검은 벨벳 천 아래 차디찬 몸으로 지네브라는 누워 있었다.

가족성당에서는 〈이 영혼을 받으소서〉라는 미사곡이 흘러나왔다.

오 나의 자비로운 주여! 나의 몸과 영혼을 주님 은혜로 다 채워주소서.

— 미사곡 〈이 영혼을 받으소서〉

그는 솟구치는 슬픔을 가눌 길 없었다. 반면 그녀가 죽음으로 자리를 옮기고부터 마음껏 사랑할 수 있다고 굳게 믿었다. 사제가 주관하는 장례미사가 끝이 나고, 딱딱한 대리석 바닥에 누인 그녀의 묘지를 마지막으로 그는 피렌체를 떠났다. 남 몰래 흐르는 눈물은 말 잔등 위에서도 짙게 연주되었다. 끝내 오열을 토했다. 그의 육신은 그녀의 영혼을 쫓아 높은 산 언덕 폭풍이 휘몰아치는 곳으로 치닫고 있었다. 생각하면 할수록 숨통이 조여들었다. 신은 그를 바람이 휘몰아치는 바닷가 언덕으로, 거칠고 격정적인 인간의 애증 앞으로 데려갔다.

그때 〈찬미 받으소서〉 합창곡이 베네치아 산마르코 광장 너머로 울려퍼졌다. 고통에 일그러진 처참한 얼굴의 백작이 간신히 뱃전에 몸을 의지하고 있다. 하늘은 기다리고 있었다는 듯이 성난 짐승의 몸짓으로 신음 소리로 폭풍우를 퍼부었다.

세상은 '노아의 방주'를 예견했다.

하느님께서 사람의 죄악이 세상에 관영함과 그 마음의 생각의 모든 계획이 항상 악할 뿐임을 보고, 땅 위에 사람 지으셨음을 한탄하면서 마음에 근심하고 나의 창조한 사람을 지면에서 쓸어 버리겠다. (창세기 6장 5~7절)

지각변동으로 지구 판이 깨어지면서 대혼란의 시대가, 대륙이 서서히 이동하기 시작했다. 폭우로 인한 짙은 어둠이 깊어가는 밤이었다. 바다 경계면, 검푸른 바닷물이 넘나드는 바닷가에 16세기 유럽 여인이 십자가상에 묶어 바닷물에 떠밀려오고 있다. 그녀는 고급스러운 유럽의 벨벳 원단으로 푸른 빛이 감도는 우아한 의상을 걸쳤다. 부유한 집안의 딸이라는 증거다. 그럼에도 몇 겹 인고의 세월을 거친 게 분명했다. 유럽 귀족 가문의 벽장을 탈출하고 지금은 미국 워싱턴DC 미술관 우주공간에 상체로 떠 있다.

뜻밖에 그녀는 북아메리카가 자랑하는 유럽의 여인으로 자리매김하기까지 고전이라는 문화 코드가 지각의 변화를 경험하게 된다. 이는 개개인의 직관이, 관점이 요구되는 지점들이다. 그림 한 점의 모호성으로 인해, 관람자들에게 의사소통 수단으로서의 역할을 하고 있듯이. 누구는 이 지구상에 태어나 세상의 절반을 보고, 누구는 세상을 온전히 보았다고 할 수 있다.

여기 무심히 바라보는 직관 속에 그 무엇이 있다.

우주로 통하는 개개인의 사다리가 있다.

무중력상태로 떠다니는 심연에 잠들고 있는 세상의 빛은 참으로 모호하다. 진귀한 원석들이 모여 거대한 은하수를 이루듯, 유럽의 유서 깊은 귀족의 비밀스러운 살롱을 연상시키는 진귀한 지네브라의 초상화가 여기 있는 이유다.

노블레스가 아닐까.

노블레스는 내면이다.

자칫 교과서 같은 진부한 생각이라고 여길 수 있으나, 세상엔 변하지 않는 진실은 있다. 내면에 충만함이 있는 이들은 자기 자신을 사랑으로 이끌고, 자신을 사랑하는 사람만이 남에게 그 마음을 나누어줄 수 있다.

노블레스, 내면에 미덕을 지녔다는 지네브라를 자세히 들여다보기로 한다.

그림은 바늘 모양의 나뭇잎을 지닌 로뎀나무 덤불이 화관처럼 그녀의 머리를 둘러싸고 있다. 덤불은 뒤에 있는 배경을 가리고 있다. 다빈치는 나무와 인물을 자연스럽게 구성하는 방식을 택했다. 그녀의 미덕을 강조하기 위해 뒷면에도 그림이 그려져 있다. 당시 뒷면의 그림은 초상화 앞면을 반영하는 하나의 표현 방식이었다. 르네상스의 대부인 메디치 가문의 로렌조로부터 '피렌체를 대표하는 가장 교양 있는 여성'이라는 글을 적어넣었다. 화가 다빈치도 그 시대 웃음기 없는 차가운 표정을 화폭에다 담았다. 같은 또래의 남성으로 한 여성의 굴레를, 소리 없는 아우성을 모를 리 없었을 것이다. 서로가 침묵으로 일관하고 있었을 뿐. 다빈치가 마음의 눈으로 볼 수 있게 표현한 유럽의 첫 번째 초상화라고 말할 수 있다.

그렇다면 미덕은 여성이 갖는 '영구성'을 상징할까?

아름다운 여성에게 휘몰아친 순정과 좌절, 화가가 표현한 실연의 눈빛과 침묵은 하늘 가득히 빛이 만들어주는 경건한 음색의 파이프 오르간과도 닮아 있다. 유럽 귀족 여자들에게 닫혀버린 이 냉엄한 현실을. 어른들 세상이란 이권 다툼 같은 것이었다.

세상은 십자군전쟁으로 인해 지중해가 열리고 베네치아는 해상 공화국으로 급부상했다. 돈이 돈을 버는 고리대금업자들로 차고 넘쳤다. 욕망과 권력의지와 재물에 대한 욕심 때문이다. 부유한 가문의 딸들은 집안의 부속물로 취급되었다. 종종 수녀원으로도 보내졌다. 그녀들의 검은 수녀복은 한세상이 닫히고 다른 세상으로의 통로를 말한다. 백작은 아름다운 장미꽃이 늙은이에게 짓밟히는 순간을 넋놓고 지켜볼 수만은 없었다. 거의 미칠 지경이 이르렀다.

"빌어먹을 세상!"

도와달라고 소리를 지르고, 정신을 놓고 날뛰는 아들을 그의 아버지는 골방에 가두고 말았다. 골방은 빛이 존재하지 않는 어두운 경계 지점이다. 감금된 몸으로 피눈물을 흘리는 그를, 집사는 더는 모른 체 할 수가 없었다. 청년이 된 백작이 자신의 무릎에서 자란 탓이기도 했다. 주인어른 몰래 밤 늦은 시간에 램프에 불을 켜고는 골방으로 음식을 들고 찾아갔다. 집사는 문틈으로 난 작은 구멍으로 가져온 음식을 밀어넣자 구멍 속으로.

"집사님, 절 여기서 꺼내줘요."

"도련님, 딱 이틀만. 주인님이 아시면 큰일납니다."

목이 멘 목소리로 그는 간절하게 집사에게 부탁했다. 소용이 없었다. 둘 사이에 신경전이 오고갔다. 그 사이에 갑자기 불어오는 바람으로 인해 램프에 있던 불길이 방안으로 옮겨가고 있었다. 집사의 눈은 동그랗게 커졌다. 방안에서 불꽃이 조금씩 피어나고 있었다. 놀란 집사는 자물쇠를 풀고는 부리나케 문을 열고 안으로 들어갔다.

그러나 이미 때는 늦었다. 그가 골방을 탈출하고 난 뒤였다. 성난 표범처럼, 그녀를 구하기 위해 말 잔등에 채찍질을 가하며 힘껏 달렸다.

"불이야! 불이야!"

"도련님!"

불을 끄는 소리와 그를 찾는 하녀들의 음성이 높아지면서 불길은 더욱 거칠게 타올랐다. 말발굽 소리는 더욱 요란했다.

결국 1452년 다빈치가 그린 첫 번째 초상화의 주인은 피렌체 뱀보라는 늙은이에서 리히텐슈타인 왕가로 넘어갔다. 그 이후 1967년 신대륙 미국으로 팔려가게 된다.

판매대금은 미술사에 남을 세계 신기록을 남겼다.

5장
유랑 중인 몽유도원도夢遊桃源圖

유랑 중인 몽유도원도夢遊桃源圖

　파리에서 '세계미술사 사학회' 일정을 소화하고 돌아오는 길이었다. 비행기가 아시아 고공으로 날고 있었다. 난데없이 푸른 바다와 같이 넓은 하얀 구름층에서 굵직한 톤의 남자 목소리가 들렸다.

　"나의 생은 멈춰 있거나 유보되어 있어?"

　창 쪽에 앉은 윤슬은 몹시도 놀랐다. 하얀 구름층을 유심히 살폈다. 비행기는 새털 구름층을 바닥에다 깔고 높이 날고 있었다.

　"이 모두가 의문투성이야? 그 친구를 구해주게. 나라 잃은 유랑길에서 몽유도원도夢遊桃源圖를…."

　아흐! 이 절박함을 어찌할까나.

　"나는 말이야. 영문도 모른 채 어느 어두운 숲속에 서 있었다네. 곧은 길이 사라져버렸기에. 돌아나오는 길을 찾지 못하고 있다네. 아, 이 거친 숲이 얼마나 가혹하고 완강한지를 자네가 좀 알아줬으면 좋겠어."

　듣는 순간 온몸에 소름이 돋았다. 올 정초에 경복궁 국립미술관에서 조선 여류예술가의 부활을 꿈꾸다가 뭉그러진 산수화를 보고 말았다. 그날 허전한 마음 달랠 길 없어 대관령을 넘었다. 먼발치에서 눈 오는 날, 강릉 오죽헌 검은 대나무 숲에 내리는 눈송이만 보고 돌아왔을 뿐이다.

'안견의 〈몽유도원도夢遊桃源圖〉를 보고 그렸다는데….'

미완의 연구과제를 떠올리면서 비행기 트랩에서 내렸다.

경복궁, 늦가을 나들이가 한창 진행 중이다.

아침부터 관광객들이 줄을 서고 있다. 고궁에서 보는 인왕산의 단풍이 일품이다. 향원정의 단풍은 무척이나 고와 맑은 날에는 경회루 연못 안에도 있다.

지난 날 유럽 출장지에서 돌아와서부터 알 수 없는 부호들이 그녀를 깨우고 있었다. 자다가 한기를 느끼며 꿈까지 꾸었다.

"나의 생은 멈춰 있거나 유보되어 있어?"

머리에 갓을 쓴 젊은 사내가 대궐 큰집 사랑채에 가부좌를 틀고 앉아 있다. 이번에는 맞상대를 할 수 있는 위치에 있게 된 꼴이다.

"대체 당신은 누구시기에?"

최대한 존경의 마음을 담아 예를 갖춰 여쭸다.

"나로 말하자면 조선시대 엄청난 재능과 부귀한 신분으로 태어났었지? 하지만 형은 최고의 권력자를 노려 칼을 빼들었고, 왕의 아들로 태어났으나 왕이 될 수 없었던 나와 조카는 그 피바람에 의해 그 모두를 잃어버렸다네."

조선 역사를 통해 잘 알고 있는 터다. 하지만 대군으로부터 직접 듣게 되자 혼미한 상태다. 자리에서 벌떡 일어나 집안에 모든 창문을 활짝 열어젖혔다. 늦가을의 찬 공기가 훅 불어왔다.

커피포트에 찻물을 끓인다.

'유독 고귀한 신분을 상징하는 자들의 슬픈 허탈감이라니?'

마음이 복잡하다. 잠결에서도 대군의 자태는 세종대왕의 아드님이라는 신분으로도 멋지게 느껴졌다.

'그게 말이야. 임진왜란 때 없어졌다고. 그것도 그 나라의 국보로 인정받기까지. 우린 뭘 한 거야?' 거침없는 속상함이 계속 수면 위로 올라왔다.

'도대체 이쯤 되면 조선의 황금기가 왜놈한테 농락을 당했다는 이야기잖아. 몹쓸 왜놈들! 어쩌자고?' 찻물이 끓자, 찻잔에 얼그레이 찻잎을 넣는다. 환기를 마친 거실 창으로 아침 해가 들어오고 있다. 창밖을 보면서 얼그레이 차를 한 모금씩 맛을 음미하자, 식민지 지배 아래 억압받고 차별받았던 옛 조상들의 감정이 올라왔다.

'왜倭' 자는 키 작은 '왜' 자라고 설명해주시던 아버지의 말씀도. 일본 사람들이 얼마나 왜소했으면, 반면 식민지 시절 조선인들이 가장 분개했던 말이 있다.

"조센징, 조센징 빠가야로."

조선사람은 바보, 미개하다는 뜻으로 불리었다. 큰할아버지께서는 그렇게 말하는 일본 순사를 삽으로 내려치고는 만주로 야반도주했다. 그 뒤 소식은 묘연한 채. 일본이라는 자체가 우리 집안에서는 엄청나게 분노를 일으키게 하는 트라우마다.

해외에 소재하고 있는 한국사 문화재는 16만여 점이 존재한다. 대부분 일제강점기에 일본을 통해 유출된 약탈문화재. 나라를 잃고 망명의 길에 오른 예술가들의 유산이 일본에 있다는 자체가 몹시도 거슬린다.

안평대군은 세종 치하의 좋은 시절, 시서화詩書畵 어느 것 하나 못하는 게 없던 천재 예술인이었다. 그는 사람들을 구름처럼 몰고 다녔다. 마치 이탈리아 르네상스 시대, 피렌체와도 같은 분위기다. 메디치가의 수장들의 눈에 들기 위해 노력했던 미켈란젤로, 레오나르도 다빈치, 라파엘로 등의 발현과도 일맥 통한다. 프랑스와 1세 왕이 늙은 이탈리아 화가, 다빈치의 능력을 인정하고, 프랑스로 데려와 정신적 스승으로 받아들이려는 왕의 담대함과도 흡사하다. 도화원 화공 사이에서 특별히 두각을 나타내지는 못하고 있던 안견을 먼저 발견해준 이가 바로 안평대군이다.

여기에 대군의 적극적인 후원과 진정성이 엿보인다.

당시 조선 초중기 초당 허엽 사대부가와 사임당 외가와 같은 강릉의 큰 어르신들도 마찬가지다. 인간 평등에 대한 진정성이 그 어른들에게도 있었다. 유교의 남존여비男尊女卑 사상과는 달리 아들, 딸 가리지 않고 강릉 바닷빛 끝동, 소녀들에게도 서책을 읽히고 시를 짓게 하고 사서삼경을 읽게 했다. 세계사에는 당시 이렇다 할 여류작가가 없었다.

지금으로는 안견의 〈몽유도원도夢遊桃源圖〉가 무척이나 궁금하다.

유랑길을 뒤적이다보면 조선의 왕자 안평대군의 비운도 지나칠 수가 없다. 지구촌에는 분명 왕위 계승쟁탈전을 둘러싸고 피바람이 불었고 약탈을 일삼는 낯선 무리가 존재했다. 어디서부터 시작해야 할까.

'비해당'의 흥망성쇠를 한눈에 본다는 게 몹시도 두렵다. 인왕산 자락 경치 좋은 계곡에 지은 안평대군의 집 이름이 '비해당'이다. 다리가 있는데 기린교다. 당시 문화계 인물을 접대하고 그들과 연회를 즐기던 본당이다. 장안에 재주 있다는 자는 죄다 안평대군 문하에 들려고 경쟁했다. 그 가운데 가장 뛰어난 자만 대군 저택인 무계정사의 연회에 초대받을 수 있었다. 그곳을 드나든다는 것은 곧 한양 문화의 최심부에 진입했음을 의미했다. 더 나아가 왕조 권력의 미래 실세와 연결됐음을 뜻하는 증표다. 안견은 비록 천한 화공이었지만 아무도 넘볼 수 없는 권부의 후원을 받게 되어 그를 함부로 볼 사람은 없었다.

이게 안평대군의 담대함이다.

"안견아! 들어봐라!"

"예. 대군마마!"

"정유년(1447년) 4월 20일 밤에 바야흐로 자리에 누우니, 정신이 아른거려 잠이 깊이 들므로 꿈도 꾸게 되었어."

왕자가 꿈을 꾼 시기는 이탈리아 르네상스 피렌체에서 15세기 다빈치가 태어나기 5년 전 이야기가 된다.

"마마! 그래서요."

"인수(박팽년)와 더불어 한 곳 산 아래에 당도하니, 층층의 멧부리가 우뚝 솟아났다. 깊은 골짜기가 그윽한 채 아름다우며, 복숭아나무 수십 그루가 있었다. 오솔길이 숲 밖에 다다르자, 여러 갈래 길이 나타나서 서성대며 어디로 갈 바를 몰랐었어."

벼루의 먹과 채색으로 농도에 따라서 가는 붓들이 비단 화폭 위에서 춤을 추듯이 부산하게 움직인다. 어느새 깊은 골짜기가 되고 복숭아나무 수십 그루에서 꽃이 피어나면서 도원이 된다. 여러 갈래의 오솔길로도 서로 이어졌다. 대군은 안견의 비범함을 한눈에 알아봤다. 언뜻 범상해보이는 안견의 산수화 한 점을 우연히 손에 넣은 대군은 그림 안에서 약동하는 놀라운 구성력에 매료되었다. 사물을 전체적으로 투시해 펼치는 장쾌한 구도와 세필로 이를 하나하나 실현해내는 묘법은 완성을 기다리는 젊은 대가의 솜씨였다. 고도의 집중력으로 〈몽유도원도夢遊桃源圖〉가 3일 만에 완성된다. 안평대군은 그를 아껴 늘 잠시도 그의 곁을 떠나지 못하게 하였다.

어느 날 북경에서 귀한 먹을 입수해서 안견에게 먹을 갈고 그림을 그리게 하였는데, 대군이 잠시 밖에 나가 돌아오니 먹이 없어졌다. 안견이 일어나니 홀연히 그의 품에서 먹이 떨어졌다. 대군이 크게 노하여 다시는 그를 집에 얼씬 못하게 멀리했다. 생각하면 시대가 하수상하여 그를 숨기고 싶어서였을 것으로 추측된다.

계유정난 이후 안견만이 화를 면하자 사람들은 이를 기이하게 여졌다. 당시 안견의 산수화 대부분은 한양 귀한 집 내실마다 걸려 높은 작품성을 인정받았다.

'여기서 우리는 15세기 한 시대가 지나고 16세기 어린 사임당이 안견의 산수화를 직접 보고 그렸다는 것은, 아마도 외가 쪽 그 누가 간직하고 있었음이 뚜렷하다.' 섣부른 판단은 금물이겠지만 추측해 본다.

안평대군은 자신의 꿈과 결의를 찬양한 불후의 명작을 남기고 36세에 친형에 의해 대역죄를 쓰고는 모든 것이 사라지고 흩어졌다. 그 후 대군의 직계가족은 노비가 되거나 교수형에 처해 죽음을 당했다. 그의 학문과 예술, 삶의 현장인 비해당, 담담정, 무계정사도 없어졌다. 그의 서재가 있던 비해당의 1만 권에 달하는 서책과 고서화는 비해당과 함께 불타버렸다.

어디 그뿐이겠는가.

〈몽유도원도夢遊桃源圖〉에 감상평을 썼던 당시 사람들 가운데 두세 명을 빼고는 모두 세조에게 죽임을 당했다. 김종서, 성삼문, 박팽년, 이개, 하위지 등이 그들이다. 어처구니없게도 살생부, 피의 그림으로 돌변해버린다.

뭉그러진 조선 여류 산수화의 부활을 찾다가 뜻하지 않게 다른 차원의 불청객들을 불러들이고 있는 꼴이다.

'아흐! 이를 어쩌란 말이냐.' 우리가 세속에 깊이 발을 담글수록 바닷속 무중력의 물결을 타게 되는 이치와도 같다.

어숙권은 당시 『패관잡기』에서 조선 전기 사대부 출신의 산수화가 세 명 중 한 사람이라고 밝히고 있다. 매우 가는 선을 무수히 겹쳐 바위와 돌, 산봉우리들을 묘사한 조선 여성의 붓놀림이 무척이나 궁금하다. 어린 날 금강산에 가서 직접 보고 그렸다고도 했다. 괴나리봇짐을 등에 메고 집안 어른들을 따라 강릉에서 양양을 거쳐 고성으로 향하면 곧바로 일만이천봉 금강산에 닿을 수 있다.

윤슬은 〈몽유도원도夢遊桃源圖〉를 통해 이 지구상에 '피의 그림'이 있다는 사실을 알게 되었다.

어디 그뿐이겠는가?

'피의 메일'도 존재한다는 걸 당시 예측하지 못했다.

리 선배의 세 번째 메일이 도착했다.

윤슬아!

근사한 소식을 알려줄게.

한국·페루 공동발굴팀이 북부 카하마르카 '파코팜파' 고고학 유적지에서, 기원전 1,000년경에 살았던 성직자의 유해를 우리 한국팀이 발굴했어. 주변에는 당시 엘리트 신분이었던 사람의 무덤에서 볼 수 있는 도자기와 도장을 비롯해, 뼈 주걱과 다른 제물 등이 함께 묻혀 있는 것을 확인할 수 있었어. 신천지의 발견처럼 가슴이 벅차올랐지. 아마도 이러한 기쁨이 있기에 지난한 발굴 과정을 견디게 되는지도 모르겠어. 구슬땀을 훔치며 이국에서 '대한민국'을 외쳤더

랬지. 어린아이처럼 들떠서 말이야.

우리나라가 해냈다며. 마치 올림픽경기장에서 금메달을 목에 걸기라도 하듯 애국가를 부르며 좋아했다는 거 아니겠어. 성직자의 유해는 남성으로, 검은 흙이 섞인 6겹의 잿더미에 싸여 있었어. 작업용 붓으로 6겹의 잿더미를 털어내다가 드러나는 뼈 주걱과 다른 재물들, 고고학의 발굴작업이란 시간성을 파악하는 작업의 일환이라 고단함 중에도 희열을 느끼곤 해. 상상에서만 존재해왔던 것들이 현실로 드러날 때의 감동이란? 너도 잘 알고 있을 테지만 감당하기 어려워.

또한 과거의 불투명한 삶의 흔적을 땅속 깊숙한 곳에서 발굴한 유적을 통해 짜맞출 때의 즐거움도 만만찮아. 포클레인 굉음을 들으면서도 열심히 흙을 붓질하는 이유가 바로 여기에 있어. 너는 미술사학을 연구하는 직종을 선택했지만. 나는 낮에는 현장에서 발굴조사를 하고, 밤에는 보고서를 작성해야 하는 고단함이 분명 있어. 하지만 내가 존경하는 세계 고고학자들처럼 백발이 될 때까지 발굴현장을 누비고 싶다는 소망은 아직도 유효해. 이기적인 생각이긴 하지만 네가 날 이해해주고 지켜주었으면 좋겠어.

사랑한다. 윤슬아!

이어 네 번째 메일도 왔었다.

비록 멀리 떨어져 있지만 두 사람 사이의 내밀한 부분을 이해하는 기회가 더욱 확장되어갔다.

보고 싶은 윤슬아!

우리 한국발굴팀은 삼 일간 휴가를 얻었어.

'나스카' 라인을 보기 위해 우리팀 몇 명은 경비행기를 탈 계획이야. 페루의 수도 리마에서 약 400㎞ 떨어진 곳에 '나스카'라는 도시야 사실 그냥 유적지라고 말하기에는 아주 특별한 곳이지. 세계 7대 불가사의라 불리는 '나스카 지상화'는 드넓은 초원 위에 그려진 새, 원숭이, 거미 등의 그림과 기하학 무늬들을 말하고 있어. 지상화 크기가 어마어마해서 경비행기를 타고 높은 곳에서 보아야 확실히 알 수 있어. 과거 문명의 신비로운 흔적을 살필 수가 있다는 이야기가 되겠지.

누가, 어떤 목적으로 만들었는지 명확히 밝혀지지 않았어. 다만 세계의 수수께끼로 남아 있을 뿐이야. 별자리를 그린 천문도라는 설과 토지소유권이나 지위를 표시한 상징이라는 주장도 있어. 외계인 착륙장이라는 가설도, 여행 표식이라는 가정 등이 제기됐지만. 무려 기원전 300년경에 그려진 것으로 추정하고 있는 만큼 불가사의라고 볼 수밖에 없을 것 같아.

발견된 지는 약 80년 정도밖에, 둘이서 함께 보면 좋을 텐데, 항상 아쉬워. 좋은 날이 곧 오겠지? 하면서 마음을 다독이고 있어. 오늘 현장에서 발굴 조사한 것을 보고서로 작성해야 해.

잘 다녀올게.

여기서 안녕?

많이 사랑한다, 윤슬아!

메일은 여기서 모두 끝났다.

곧이어 현지 언론의 보도가 뒤따랐다.

페루 나스카 유적지에서 관광객들을 태운 경비행기가 갑작스런 폭풍으로 추락해 탑승해 있던 7명이 전원 숨졌다. 페루 교통부는 4일 정오께 수도 리마 남쪽의 나스카에서 조종사 2명과 승객 5명을 태운 경비행기가 이륙 직후 추락했다. 탑승자 중 생존자는 없다고 밝혔다. 현지 언론들은 사망 승객 중 3명은 대한민국, 2명은 칠레 국적이며, 조종사 2명은 페루인이라고 전했다.

백발이 될 때까지 발굴현장을 누비고 싶다던 그는 가고 없다.

"나의 사진 앞에서 울지 마요. 나는 잠들어 있지 않아요."

윤슬의 등 뒤로 겨울새 한 마리가 날고 있다.

운 좋게도 1928년 어느 겨울이 되살아난다.

일본 집 정원이 있는 거실이다. 한 사업가가 교토대학에서 정년 퇴직한 노교수를 찾아왔다.

"교수님! 이 그림을 감정해주실 수 있으신가요?"

그는 조심히 그림과 시문으로 표구된 두 개의 두루마리를 펼쳤다. 노교수의 동공이 갑자기 크게 흔들렸다.

"아니? 이보게 조선의 서화가 아닌가? 소문으로 무성하던 조선의 화풍이구만, 그런데 이 서화가 어떻게 자네의 손에 있는 게야?"

"이야기하자면 깁니다."

"지금으로서는 그림 내용을 분석해보고 싶군. 그런데 이건?"

"1893년 11월 2일 자로 일본정부가 발급한 감사 증서입니다. 우수 예술품이라고…."

노교수가 「조선 안견의 몽유도원도夢遊桃源圖」라는 논문을 발표하면서 비로소 세상에 알려진다. 이는 원래 소유자인, 시마즈 가문에서 발급되었다. 임진왜란에 출전했던 사쓰마 영주 시마즈 요시히로가 전쟁 초반 조선 왕실의 원찰이었던 대자암을 약탈하여 획득한 뒤 일본으로 가져갔다. 이후 시마즈 나리아키라는 그의 분신과도 같았던 수석 가로인 시마즈 히사나가에게 〈몽유도원도夢遊桃源圖〉를 하사한다. 그 후 히오키 시마즈가의 소장품이 되었다.

지금은 일본 '덴리대학교' 도서관에 있다.

이 대형 서화가 500여 년이 지난 오늘날에도 온전한 상태로 전해지고 있는 것은 대체 뭘까?

축약하면 생명이 질기다.

우리의 긴 회화 역사 속에서 뛰어난 화가들은 배출되었고 수다한 가작들이 창출되었다. 그러나 이 장기간의 역사를 통해 빈발했던 전쟁, 천재지변, 화재 등으로 회화는 피해를 가장 혹심하게 받았다.

이 때문에 창출되었던 수많은 작품 중에서 극히 일부만이 남아 전하게 되었다. 그나마 명작들보다는 그렇지 못한 작품들이 살아남는 행운을 얻게 되는 경우가 많았다. 〈몽유도원도夢遊桃源圖〉는 혹 계유정난이 일어나기 전 안평대군이 어딘가 별채에 소중히 보관했기 때문은 아닐까?

갖가지 추정이 가능하다. 그는 세종의 셋째 아들이었지만 태종의 넷째 아들로 요절한 숙부인 성녕대군의 후사가 됐다. 따라서 막대한 유산을 물려받았다. 태종이 성녕대군을 위해 지은 대자암과도 인연을 맺게 된다. 어린 나이에 안평대군은 조선 최고의 갑부로서 학문과 예술을 추구하는 많은 문객을 거느렸다. 풍류를 즐길 수 있는 토대가 마련되었다.

그로부터 484년 후 1931년 3월 22일부터 식민지로 전락한 조선을 대표하는 고서화가 도쿄부 미술관에 전시된다. 국내를 떠나 처음 우리나라에서 공개된 날은 1986년 여름날이었다. 국립중앙박물관이 옛 조선총독부 건물에 재개관할 때 보름간의 '조선 초기 서화전'에 전시되었다. 관람하는 이들에게서 항의가 빗발쳤다.

"왜 우리의 고서화를 돌려받을 수 없는지, 엄연히 임진왜란 때 갈취해간 것인데…."

정확히 불법반출이라고 볼 수 있는 증거를 내놓을 수가 없었기 때문이라는 답변이 돌아왔을 뿐이다.

지금은 우리나라 측에서 반환 혹은 인도 요청을 할까봐 덴리대학은 거의 공개하지 않는다. 대여해주는 일도 거의 없다. 웬만한 전시회에는 진품과 구별이 어려울 정도로 정교하게 만든 복제본을 대여해줄 뿐이다. 계유정난 이후 안평대군의 유체는 물론 무덤에 관한 기록도 그 어디에도 존재하지 않는다.

　바람처럼 사라졌다.

　그를 찾아내어 서울국립미술관에 안평대군과 안견의 서화 〈몽유도원도夢遊桃源圖〉가 함께 있을, 그날을 손꼽아 기다려본다.

　성탄절이 다가오고 있다.

　광화문광장은 서울 빛초롱축제가 막을 올리고 '잠들지 않는 서울의 밤'이 진행되고 있다. 광화문광장과 세종로공원 일대를 유럽 크리스마스 마켓 분위기로 장식했다. 다양한 언어로 방문객을 환영하는 인사말로 세계인을 반기고 있다.

6장
두 여류작가의 만남

두 여류작가의 만남

밖을 본다.

어느새 창으로 하얀 꽃비가 무수히 날리고 있다. 윤슬은 넋을 잃고 꽃비 속으로 빠져든다. 아름이가 우편물을 가지고 연구실로 들어왔다.

"강릉시청에서 교수님 앞으로 초청장을 보내왔습니다."

받고 보니 〈난설헌 추모 헌 다례〉 행사에 참석해달라는 내용이었다. 마침 기다리던 소식이라 반가웠다. 5월 3일(음력 3월 19일) 행사 일정에 맞춰 경강선 열차에 몸을 실었다. 강릉역에 도착하여 차를 렌트하고 행사장으로 출발했다.

서울에서 챙겨온 바닷빛 한복으로 차려입었다.

천재 여류시인에 대한 예를 갖추고 싶어서였다.

초당 뜨락으로 발걸음을 옮긴다.

허균·허난설헌 두 남매기념관이 먼저 눈에 들어왔다. 자그마한 한옥이다. 현판은 액자도 없이 신윤복 교수가 쓴 현판 대신 개관 15년 만에 새로운 글씨체로 교체되어 있었다. 평판에 죽각으로 새긴 것으로 지극히 소박하다. 마치 허균 남매가 품은 변혁의 모습으로 다가오는 이유는 대체 무엇일까?

역사의 뒤안길을 반추한다는 게 무척이나 가슴이 쓰리다. 온몸에 빗물이 속속들이 스며들 것 같아 발걸음이 무겁다. 스물일곱 한 많은 생애를 마감한 난설헌 초희가, 그도 아니면 형장의 이슬로 사라져간 교산 허균의 생애에 대한 역사적 비극 때문인지 알 수가 없다.

발길은 어느새 허균·허난설헌 생가 솟을대문 앞으로 향했다. 대관령 동쪽에 위치하는 조선 양반댁 고택이다. 집 앞마당에는 왕벚나무가 여럿 있다. 붉은 왕벚꽃잎들이 수없이 바람에 휘날리고. 솟을대문과 좌우 행랑채를 중심으로 기와 토담이 집 주위를 빙 둘러 고풍스러운 기운이 강하다. 열린 솟을대문으로 들어서자, 넓은 사랑채 마당이 펼쳐져 있다. 마당에는 조촐한 화단이 자리하고, 고택의 아늑함이 고조되는 분위기다.

바깥채에는 1569년에 태어난 교산 허균의 영정이 모셔져 있다.

아직도 청산되지 못한 현실의 단면을 보는 것 같아 무척이나 안타깝다. 당시 허균은 분명 비극적인 인물 임에 틀림이 없다. 불의한 사회와 타협하지 않고 그것을 인간적인 것으로 바꾸려고 했다. 더욱 고단한 삶이 되고 말았다. 『광해군일기』가 기록하고 있는 패륜과 역모는 패배자가 뒤집어쓸 수밖에 없는 오명으로 기록되었다. 한동안 그 오명으로 인해 강릉사람 모두가 엄청난 슬픔을 입에 담지 못했다.

남매가 사천 애일당愛日堂에서 지냈을 추억을 반추한다. 사천해수욕장 근처에 조그만 야산이 있다. 거기 허균의 생가터 애일당이 있다. 거우 언덕을 면한 정도인 이 야산은 '용이 되지 못한 구렁이'인 이 무기가 기어가듯 꾸불꾸불한 모양을 이루고 있다 해서 '교산蛟山'이라 불렸다. 교산 아래 허균의 외가인 애일당이 있는데, 지금은 그 흔적을 찾을 길이 없다. 언덕 위에 '교산 시비'가 오롯이 서 있을 뿐. 허균은 어머니의 친정인 예조 참판을 역임한 애일당愛日堂 김광천의 집에서 태어났다. 남매는 그곳에서 유년기를 보내며 성장했다.

고택에서 교산 허균의 영정 앞에 잠깐 묵념을 드린다. 담장 너머 안채로 들어가는 쪽문으로 발길을 옮긴다. 봄빛이 완연하다. 다도茶道 도시답게 허난설헌 영정 앞에 다례제가 차려져 있다. 초희 영정을 마주한다. 한복을 입은 젊은 여인이 다소곳이 앉아 왼손에 서책을 들고 있다. 외모에서부터 단아함이 물씬 풍긴다. 현 다례 준비도 정갈하게 진행되고 남편 김성립의 안동 김씨 종친과 양평 허씨 종친, 그 외 강릉시 기관단체장들이 참석하고 있었다. 현 다례를 위해 바닷빛 한복을 입은 다도회 회원들의 손길이 분주하다. 윤슬은 영전에 분향하기 위해 내빈들 줄에 서서 차례를 기다렸다. 그녀의 이름이 호명되자, 영정에 분향한 후 무릎을 꿇는다. 정중하게 차를 올린 후 큰절을 드린다.

뒤돌아 나오며 안채 뜨락을 본다.

풍요와 부귀영화를 상징하는 붉은 모란꽃 봉오리가 입을 오물거리고 있다. 조심스럽게 댓돌에 벗어놓은 신발을 다시 신고 툇마루에서 뜨락으로 내려선다. 솔숲으로 펼쳐진 무르익은 봄의 정취가

담 너머로 무척이나 화려하다. 숲은 옅은 초록으로 물들었고 왕벚꽃이 만개했다. 청정한 기운을 듬뿍 담은 초당 뜨락을 걷는다. 한창 무르익을 여자 나이 스물일곱 꽃송이가 핏빛으로 물들고 있었다.

콧부리가 싸늘하니 맵다.

먼 하늘을 본다.

하늘로 쭉쭉 뻗은 키 큰 소나무들도 슬픔에 잠겨 있다. 더 넓은 경포호가 바람결에 잔잔하게 파문을 일으키며 밀려온다. 이곳 둔덕을 넘어서면 경포대와 멀리 선교장까지도 보인다. 그 옛날 선교장에서 배로 연결한 다리가 경포 바닷가에 닿아 있었다. '배나무다리'라고 불렀다. 문득 신화 속 이야기를 더듬고 있는 기분이다.

당시 그 누가 있어 알았을까?

허씨 가족사의 불운이 닥쳐오고 있다는 사실을, 화담 서경덕의 수제자였던 아버지 초당 허엽은 누구보다 초희를 애지중지했다. 딸의 재주를 아깝게 여겨 직접 글쓰기와 그림그리기를 가르쳤다. 오빠 허봉은 자신의 친구이자 당대 최고의 시인으로 유명한 이달을 스승으로 소개했다.

그러나 18세 되던 해, 아버지 허엽은 경상감사 벼슬을 마치고 한양으로 올라오던 중 상주 객관에서 돌아가시게 된다. 둘째 오라버니 허봉 역시 그녀가 21세 때 동인에 속한 학자들과 율곡을 논한 죄를 얻게 된다. 그 이후 갑산으로 귀향 갔다 풀려난 후에도 한양에는 들어올 수가 없었다. 홀로 금강산을 떠돌다가 38세 젊은 나이로 객사하고 만다. 어릴 적 아버지 초당 허엽의 대사성이라는 벼슬자리 사랑방에 들끓던 동인의 젊은이들은 오간 데 없다.

조선의 차디찬 세상을 시재詩才로 사랑하고자 했으나
그마저도 욕심이었다.
이 짧은 생이 다 하고 나면 알까.
저기 경포 바닷가 파도를 쫓아다니는 갈매기 한 쌍은
혁신을 꿈꾸다 사라진 우리 남매임을
세상 사람들은 기억이나 할까.

장대비가 마구잡이로 쏟아진다.
빗속에서 무언가 심상치 않다.
청사초롱 불 밝힌 명문 가문의 초당 허엽 집안에 초희의 혼인을 앞두고 함이 들어오고 있다. 함을 싼 홍색 겹보자기 네 개의 자락은 서로 교차하면서 상투 모양이 되도록 엇갈려 들쥐어져 있다. 혼서지의 의미 또한 각별하다. 오로지 귀밑머리 푼 본처만이 시아버지의 혼서지를 받을 수 있다. 이 혼서지는 죽을 때 관 속에 넣기도 한다. 남존여비와 삼종지도의 유교 교리가 지배하던 조선에서 며느리를 맞아들이는 것은, 조상의 제사를 받들고 시부모를 섬기며, 아들을 낳아서 대를 잇기 위함이었다.
여자 나이 16세를 파과지년破瓜之年이라고 했고 여기서 파破 자는 깨뜨리거나 쪼갠다는 뜻이다. 과瓜는 오이 과 자이지만, 파과破瓜는 오이를 쪼갠다는 뜻이 아니다. 오이 과瓜 자를 비스듬히 쪼개면 여덟 팔八 자를 두 개 잇대어 쓴 것처럼 보인다. 그래서 팔 더하기 팔 해서 열여섯이 된다. 예전에는 여성의 결혼 적령기를 열여섯 살로 생각했다. 흔히 이팔청춘二八靑春이라 하는 것도 두 개 더하기 여덟 개는 열여섯 개이므로 십육 세를 의미한다. 이 말은 결혼할 나이가 된 여자라는 뜻이다. 과년瓜年이란 말도 같은 의미로 썼다.

남자의 나이 스무 살이 되면 약관弱冠이라 하고, 여자의 경우는 스무 살 안팎의 나이를 방년芳年이라 하는데, 방芳은 '꽃답다'는 뜻이니 말 그대로 꽃다운 나이라는 말이다.

성장이라는 아픔을 베어물고
초희가 꽃다운 나이
열다섯 살 꽃가마 타고 시집을 간다.
기세등등한 안동 김씨, 대대로 물린 대쪽 같은 살림살이
쪽머리 옷고름 치마끈 살포시 동여매고
새색시 안방 시어른 건넌방 마님 육간대청 문안 인사드리는데

초희가 바느질 그릇을 꺼내놓고 수틀을 끌어당긴다.
아래위로 바늘을 올리고 내리면 분홍빛 비단 바탕 위에 색색의 영롱한 꽃이 피어났다. 한 땀 한 땀 대례복을 입기 전 갖추어 입어야

하는 많은 속옷들이다. 아랫도리를 감싸고 또 둘러치는 그것은 아녀자의 정절이 얼마나 엄중해야 하는지를 말한다. 아녀자의 정조는 함부로 넘보지 못할 견고한 틀 속에 감금되는 것이다.

"두 연놈의 대가리에 올가미를 씌워 조리돌림을 시킬까?"

환청이다, 정분이라니….

남녀가 일곱 살만 되면 같은 자리에 앉지도 않고 한 우물의 물도 마시지 않았다. 특히나 열 살이 넘으면 여자는 마당 밖으로 나갈 수도 없는 시절이었다.

실로 여자만이 지켜야 하는 한 시대의 아픔이다.

그 반면 사임당의 고아한 〈화조도〉에서는 볼 수 없는 구속의 흔적이 초희에게는 곳곳에 점철되어 있다. 사임당은 혼인 후 친정에서 지냈다. 조선 중기 후반 16세기에는 결혼 풍습이 완전히 다른 양상으로 바뀌게 된다. 초희의 내밀한 세계는 안동 김씨 사대부댁宅으로 시집가면서 온통 겨울뿐이다.

꽁꽁 언 겨울 지나 봄날은 올까?
꽃은 피어날까?

온통 추위와 어둠으로 가득 차 있다.

당시 임진왜란, 정유재란, 정묘호란, 병자호란 등 대란이 잇달아 일어날 조짐이 엿보였다. 나라 망치는 사색 붕당도 계속되고 정치적으로도 매우 불안한 시대였다. 가족사까지 겹치면서 천재 여류시인을 조선이 품을 수 없음이 불에 덴 듯 가슴이 쓰라리고 아프다.

시어머니의 수모가 극에 달한다. 앞으로 과거에 급제하여 집안을 일으켜 세워야 할 자식은 여색에 빠져 기생집으로 돌아다녔다. 속이 타는 노릇이었다.

"오밤중에 아녀자의 방에서 불빛이 새어나오다니?"

매일같이 학문에 심취해야 할 자식은 간데없고 며느리가 그 자리를 대신하고 있다. 시어머니가 보고 있자니 울화가 치밀었다.

"서책을 읽고 시를 잘 지으면 뭘해? 서방 하나 제대로 섬기지 못하면서 할 일이 없으면 바느질이나 할 것이지?"

미운 감정은 곧바로 불화살이 되어 어린 며느리를 향해 날아갔다. 결국 불을 품은 화살은 예리한 그녀의 가슴 정중앙에 꽂히고 검붉은 피가 철철 흘러내렸다. 하는 수 없이 반짇고리를 열고 실과 바늘을 찾아든다.

'남정네나 하는 저 오만방자한 꼬락서니를 언제까지 보아넘겨야 하나?' 아들에 대한 화를 안으로 다스리지 못한 채 괜스레 애꿎은 며느리만 괴롭히고 있다. 심지어 얼굴에는 심술보가 덕지덕지 따라다녔다. 흥부전에 나오는 놀부의 심보를 그대로 빼닮았다. 시어른으로서의 위엄은 그 어디에서도 찾아볼 수가 없다.

시어머니와 며느리 사이에 적당히 온기가 싹 터야 할 텐데….

초희의 인권은 무시당하고 감수성이 예민한 본성은 억압당하고 만다.

'이를 어찌할꼬?' 심지어 밖에서 안을 살폈다. 하녀를 시켜 기름을 감추는 등 볼썽사나운 짓거리를 서슴지 않았다. 갑자기 친정에 돌발사고가 생기면서 그녀의 신변은 매일 칼날 위를 달리듯 위태로워졌다.

"며늘아기야! 대를 끊어놓으면 조상 볼 면목이 없지 않겠느냐? 보약을 지어주랴?"

때론 점잖게 회유하기도 했다. 편견이 심한 시어머니와 남편과의 인간관계는 계속 뒤틀려만 갔다. 마음의 상처가 아물기는커녕 자꾸만 덧났다. 가풍이 자유로운 집안에서 자랐기에 갑자기 휘몰아치는 시댁의 수모에 진저리를 쳤다.

지옥이 따로 없었다.

"경전과 사서를 두루 읽은 규수라고?"

칭찬인지 모욕인지 알 수 없는 말들로 뒷담화를 일삼았다. 아랫사람 앞에서도 푸념을 늘어놓으며 며느리를 깎아내렸다. 자신의 우월감을 느끼고 싶어 안달하는 시어머니의 저변에는 도대체 무엇이 깔려 있기에, 치졸하기 짝이 없다.

"떵떵거리던 너희 집안은 다 어디로 가고 너만 남았느냐?"

차마 입에 담을 수 없는 말까지도 서슴지 않는다. 입버릇처럼 비방을, 며느리 친정의 불행을 두고, 인간의 존엄성을 팽개친 대감집 아낙의 속물 근성을 어이할까나? 순간순간 모멸감으로 인해 칼에

베이듯 초희의 온몸은 쓰라리고 아팠다. 사리 판단이 분명하고 누구보다 두뇌가 명석한 그녀의 고단함은 뼛속까지 파고든다.

사람이 벼랑 끝으로 내몰리면 어떻게 될까?
뻔하다.
뛰어내릴 수밖에 다른 방도가 없다.

초희의 정서적 학대는 어디까지 보상받을 수 있을까?
비범하다는 이유로 사대부댁 골방에 감금되고 말았다. 골방에서 홀로 은밀하게 시심詩心을 키워나갈 수밖에 다른 도리가 없다.
윤슬은 〈난설헌 추모 현 다례〉 행사가 끝나고 초당 한옥에 짐을 풀었다. 묘하게도 한옥에 들면 안심이 되고 푸근해진다. 천장의 울퉁불퉁한 부챗살 서까래까지도 정답고 반갑다. 부엌 아궁이에서 장작 타는 불꽃이, 구수한 된장찌개 냄새로도 한국인의 정서가 온몸 속속들이 파고든다. 은은한 목재 향까지 덤으로 맡다보면 쉼이 가져다주는 매력으로 잠에 푹 빠져들었다.
그런데 잠결에 난데없이 정체를 알 수 없는 기이한 색의 도깨비불이 사방으로 날아다녔다. 꿈속에서도 낯선 세상에 내쳐진 기분이었다.
"도깨비불이야? 도깨비불이야?"
허겁지겁 빨라지는 걸음걸이에 마음만 다급했다. 어떻게든 벗어나야 한다는. 잠결에 무섬증으로 마음과는 달리 발걸음이 떨어지지 않았다.

'걸음아! 날 살려라. 걸음아! 날 살려라.' 그런데 말이 입 밖에 나오지 않고 입안에서만 맴돌았다. 속이 타들어갈 지경이다. 길 끝에는 까마득한 절벽까지 내려다보였다. 숨이 턱까지 차올랐다. 이제는 영락없이 죽었구나 싶었다. 안간힘을 쓰다가 그만 천 길 낭떠러지로 떨어졌다.

'이제 나는 죽었구나!' 싶었는데, 웬걸 최근에 잔디를 입힌 축축한 두 개의 작은 무덤 앞에 와 있다. 그렇다고 방심할 수도 없는 처지다. 그 옛날 영아 사망률 일등 공신은 천연두와 영양실조였다. 죽은 아기 혼령에게 혼절이라도 당할까봐 더욱 불길했다.

　　지난해 사랑하는 딸을 잃고
　　올해에는 사랑하는 아들을 잃었네.
　　슬프고 슬픈 광릉 땅
　　두 무덤이 나란히 마주 보고 있구나.
　　백양나무에 쓸쓸히 바람 불고
　　소나무 숲에 도깨비불이 반짝이는데
　　지전 태워 너희 혼을 장르고,
　　무덤에 술 장어 올린다.
　　아아, 너희들 남매의 혼은

밤마다 정겹게 어울려 놀겠구나.
비록 뱃속 아기가 있다 한들
어찌 그것이 자라기를 바라리오.
부질없이 황대사를 읊조리며
피눈물로 슬픔을 삼키네.

─ 허난설헌 「곡자哭子」

젊은 여인이 소복 차림으로 지전을 태우고 있다.

시집가는 날, 한 집안의 가풍을 세우고 현모양처이고자 노력했던 초희의 혼령인 게 분명하다. 여느 여인들처럼 지아비에게 사랑받고 싶은 소망 또한 있었다. 하지만 행복한 결혼 생활을 꿈꾼 그녀에게 삶은 녹록지 않았다. 시부모에게 이해받고 남편과는 갖가지 지식을 공유하면서 자연스러운 인간관계를 절실히 원했다. 그녀가 깊이 원했던 만큼 실망이 컸다. 일 년 사이에 돌림병으로 딸과 아들을 연이어 잃었다. 아버지 허엽은 1580년 2월 상주 객관에서 객사하고 그해 마침 초희가 임신한 상태였다. 이듬해 극심한 스트레스로 배 속의 아이마저 유산한다.

그때 쓴 시가 「곡자哭子」다.

여성 특유의 섬세한 필체로 애상적인 시풍의 세계를 구축했다. 당나라 고사에 나오는 황 대사의 어미와도 같은 심정으로. 덕이 없고 사랑이 모자란 탓에, 제 자식을 연달아 죽인 것이나 진배없다고

스스로 자책하고 있다. 연이은 어린 남매의 죽음은 스물일곱의 짧은 삶으로는 감당하기에 너무나 커다란 고초였다. 초희의 내면에는 삶이 고단할수록 묘하게도 시심詩心만은 점점 더 깊어만 갔다.

결국 눈이 시리도록 푸른 빙하를 맨발로 걷고 있다. 소외된 그녀의 무의식은 점점 더 깊은 안개 밭에 휘감겼다. 북악산자락의 하얀 철쭉꽃 덤불에 휩싸이면서 정신줄을 놓을 지경에 이른다. 마침내 북악산 선홍빛 줄기가 쏟아지고 그 빛살 사이로 초희가 하직 인사를 한다. 젊디젊은 27세 육신의 사그라짐을 지켜본다는 게 참으로 어이없는 일이다.

윤슬은 다음 날 새벽녘에 그만 잠에서 깨고 말았다. 지난 밤 꿈 때문일까? 가슴이 숯검정으로 타들어갔다. 한 시대의 천재 여류예술가의 영광을 고스란히 가둬놓은 도시, 강릉에서 소리 없는 아우성이 깃발처럼 펄럭인다.

촉촉한 소나무 초당 뜨락을 걷는다.

현판에 '호서장서각湖墅藏書閣'이라고 쓰여 있는 3층 높이의 커다란 원형건물 앞에 와 있다. 희한한 일이다. 없던 건물이 갑자기 나타났다. 반가움에 '호서장서각' 안으로 들어간다. 갑자기 거센 회오리가 부는 듯 우렁찬 바람 소리가 건물 공간을 가득 채웠다. 이게 무슨 날벼락인가 싶다. 분명 '알레프 3.0'의 짓일게다. '공택산방'이라고 불리는 허균이 세운 공공도서관이다. 갓을 쓴 젊은이들이 건물 안에 가득했다. 각종 드레스를 입은 여인들 속에 한복차림의 여성들도 있었다. 유난히 흰 피부에 머리를 틀고 갓을 쓴 외국인들의 모습까지도 우스꽝스러웠다. 신기하게도 모두가 자신이 태어난 나라의 말들을 하고, 저마다의 언어로 듣고 있었다. 모든 언어가 통일되는 그 시간대에 와 있다는 게 여간 신기하지 않았다.

건물 안 정중앙에는 놀랍게도 태극기가 게양되었다. 양쪽에 조국 祖國이라는 한자도. 바닥은 이탈리아 얼룩무늬 대리석으로 가운데 고급스러운 카펫이 쭉 깔려 있다. 발소리를 줄이기 위해 설치해놓았다. 우리도 잘 사는 나라가 되었다는 징표로 보였다.

한쪽 광장에는 조선시대 허균 청동상까지도 배치되었다. 유럽과 똑같은 최초의 도서관이라는 의미를 담고 있다는 게 분명했다. 뿐만 아니라 계급이나 신분의 구분 없이 민중 모두가 누릴 수 있는 광장이라는 뜻을 간접적으로 조명하고 있었다. 최초의 시민운동을 꿈꾼 허균사상을 높이 평가하고 있는 기쁨이 교차했다.

삶이 마치 비명과도 같았다.

지난 16세기 피렌체 작은 도시, 중세풍 거리에서 마주친 황진이가 떠올랐다. 기생 신분인 황진이는 새처럼 바람처럼 살다간 자유로운 영혼의 소유자였을까?라는 의문이 따라왔다.

"나 죽으면 뭇사람들이 다니는 곳에다 흩뿌려주게."

도대체 어떤 시대였기에, 귀녀 신분의 황진이까지도 죽음을 앞두고 자신을 하찮게 취급했을까? 조선 여자의 정조는 함부로 넘보지 못할 견고한 틀 속에 감금되는 사회풍습을 피할 수 없다는 이야기가 된다. 어쩜 계급사회에서 오는 갈등으로 성스캔들을 꼽을 수도 있겠다. 여자 스스로가 남자보다 열등하다는 의식구조까지도 장착된 탓일게다.

갑자기 호서장서각 무대 중앙에 한 마리의 짐승처럼 터져나오는 웅장한 소리가. 판소리가 세계인의 성악가들과 어울려 노래를 부르고 있다.

'저 노래하는 외국인들은 다 뭐야?' 우리나라로 유학온 이탈리아 학생들이라 했다. 21세기는 세상의 음악이 하나로 통합되는 시점이다. 이탈리아 성악과 창극단의 국악 한 페이지가 조화롭게 화음을 이룬다. 이는 국악이 세계인의 마음을 흔드는 소중한 선물인 게 분명하다. 그들 각자는 자신의 조국을 위해 한 자루의 촛불로 타오르고 있다.

호서장서각을 한 바퀴 휘돌아 밖으로 나왔다. 해풍이 한 줄기 소나무 숲 사이로 지나갔다. 경포 바다에 불빛이 반짝인다. 오징어를 잡는 고깃배들이 밝힌 불빛들이다. 마치 항구의 불빛처럼 휘황찬란하다. 동해에서만 볼 수 있는 집어등 불빛들이다.

윤슬에게는 고고미술사학자로 꿈꾸는 세상이 있다.

한국 두 여류작가의 부활을 시도하면서 세계적인 르네상스 시대, 여류예술가의 지평을 열고 싶다.

지성이면 감천이라고, 사임당께서 경포대 누각에 올라와 있다.

그녀는 강릉 북평촌 옛날의 추억을 끄집어낸다. 집안의 경제적 기초가 된 북평촌 '오죽헌'을 잊지 못한다.

'오죽'은 생명력이 강인해서 강릉 추위에 잘 살았다. 집 앞동산에 자생하던 것을 귀하게 여겨 가꾸었더니 사람들이 대의 빛깔이 까마귀처럼 검다 하여 '오죽'이라 불렀다.

사임당은 자신의 아들 율곡이 10살 때 지은 「경포대부」라는 시를 읊으며 미소를 짓는다. 그러면서 벼루에 먹을 갈고 붓을 든다.

외갓집 수성 오라버님 전 상서

경포대 누각에 올라와 이 편지를 씁니다.

달은 하늘 한가운데 요염하게 떠 있습니다. 그 빛이 경포 호수의 푸른 물 위에 반짝입니다. 제가 쓰는 묵향이 한 줄기 실바람에 실려 강릉 고향 산천을 떠돌고 있을 오라버님께 찾아들기를 간절히 바랍니다.

고백할 것이 있기에 이렇게 붓을 들었습니다.

제가 살아생전에 자식이 학문으로 보여준 것은 오직 셋째 아들 율곡이 13살 때였습니다. 처음 과장에 나가 치른 진사 시험 초시에 장원한 것이 전부였습니다. 제가 눈을 감을 때 율곡은 열여섯이었으니까요. 그 이후 아들이 남긴 업적을 보면 얼마나 장한 일인지 모르겠습니다.

일찍이 저의 아버지께서는 조광조 등과 친분이 있었으나, 기묘사화로 선비들이 희생되자 관직을 단념하고 강원도 강릉으로 낙향하였습니다. 아들, 딸의 차별을 두지 않았던 아버지께서는 딸들과 조카 딸들에게도 글을 가르쳤습니다. 저를 비롯한 다섯 명의 딸들은 천자문과 동몽선습, 명심보감, 유교의 사서 육경과 주자를 배움으로써 일찍부터 성리학적 학문적 소양을 갖추게 되었습니다.

이 모두가 외가 최씨 집안의 내력 덕분이기도 합니다.

당시의 풍속은 남자가 여자 집에 가서 혼례를 올리고, 그대로 처가에 살다가 자녀가 어느 정도 성장하면 본가로 돌아오는 게 일반적인 모습이었습니다. 외가 서고에는 가족 중 한 분이 외교관으로 명에 드나들던 시기부터 모은 희귀한 책들과 시화집이 가득했었습니다. 저는 시화집을 보며 홀로 그림 공부를 했습니다.

오라버님께서는 생각나십니까?

당신께서도 저에게 예술적 유전자를 전해주셨다는 사실을요. 저는 부끄럽게도 당시 예술가로 평가받았습니다. 산수화에서 조선 전기의 최고 화가인 안견 다음가는 화가라는, 염치없지만 파란만장한 조선시대를 산 노론의 영수였던 대학자 송시열을 따라가다보면 어처구니없는 일을 겪게도 됩니다만.

제 아들 율곡이 세상을 떠나고 십수 년이 지난 후의 이야기입니다.

"아녀자가 어디 바깥출입을 하며 그림을 그릴 수 있단 말인가? 묻지도 따지지도 말라. 산수화보다는 여성이 집안에 머물면서 그림으로 재현하기엔 '초충도'가 더 어울리지 않겠는가?"

산수화에서 대표작이 '초충도'로 바뀐 경우랍니다.

시대가 하 수상하여 슬프게도 오라버님께서도 35세라는 젊은 나이에 참형을 당하셨습니다. 조선 전기 천부적 재능을 가진 화가로도 명성이 자자했었는데….

"중국 동진의 화가 고개지顧愷之를 능가한다."

평을 한다고, 어머니께서는 외가 댁 자랑이 대단하셨습니다. 그러고 보면 저는 생물학적 유전자로는 최씨 집안의 내력 덕분인 것 같습니다. 생존 연대가 겹치는 16세기 15년이라는 세월을, 강릉 북평촌이라는 공간적 공유를 통해 직간접적인 사숙인 관계로 살았으니까요. 당시 16세기 초는 사림의 정치가 시작되는 한편 뜻있는 선비들에게는 큰 상처를 남긴 시대였습니다. 김굉필의 문하에서 동문 수학하며 뜻을 나눈 조광조와 김식이 사회개혁을 추진하다 화를 당한 기묘사화는 외당숙을 한층 더 자연주의적 삶으로 이끌었습니다. 무엇보다 외당숙을 우울하게 한 것은 조정에서 왕의 출납을 담당하는 승지 벼슬의 숙부 최세절 때문이었죠.

어느 날 오라버님께서는 술의 힘을 빌려 숙부 집을 방문했습니다.

"아저씨는 괴롭게 승지를 왜 하고 계십니까. 외방으로 나가 처자를 편히 살게 하는 것이 좋지 않겠습니까?"

그런데 근간으로부터 숙부를 탈출시키려는 이 고언이 사단이 되었습니다. 기묘사화를 일으킨 남곤南袞과 심정은 그 여진을 일망타

진하고자 벼르던 차에 오라버니께서 숙부에게 한 말이 왜곡되어 전해지게 되었습니다. 말은 곧 정승 모해죄로 둔갑하고 당신은 왕명으로 급파된 부관에 의해 체포 압송되었습니다. (중종 16년 10월 16일) 왕은 명했죠.

"최수성이 숙부에게 사직하기를 권한 뜻을 서서히 심문하라."

이는 시간을 끌면서 더 많은 관련자를 확보하기 위한 계책이었습니다. 좌의정 남곤南袞이 직접 추국에 나섰고, 숙질간의 사적 대화를 역모죄로 몰아가는 긴박한 추국장에서 당신은 담담하게 진술했습니다.

"선배들이 불화하여 조정에 화가 생길 것이 두려워 숙부에게 은퇴하기를 권했을 뿐이오. 다른 뜻은 없었소."

관에 붙들려 온 닷새 만에 당신은 참형에 처해졌습니다. 사건의 진실과는 무관한 판결이었죠. 당신은 조작과 무고에 의한, 신사무옥辛巳誣獄 100여 명의 희생자 중 한 명으로 기록되었습니다. 이에 최세절은,

"조카가 나에게 은퇴하기를 권하여 물러나고자 했으나 이루지 못하고 있다가 이 화를 보게 되었다."

자책했지만 이미 엎어진 물이었습니다. 당신이 희생된 후 잠시 곤욕을 치르지만, 얼마 지나지 않아 관직으로 복귀하면서 부제학과 각 도 관찰사를 두루 거쳤습니다. 그가 새로운 관직을 받을 때마다 조정에는 '조카 팔아먹은 자'로 조롱하는 무리가 있었지요. 숙질간

의 사적 대화가 어떻게 역모죄로 둔갑할 수 있다는 게? 이에 응답하듯 사실과 소문의 경계를 넘나드는 이야기들이 풍성하게 진열되었는데, 그 내용은 이렇습니다.

최수성의 그림 품격을 흠모하던 남곤南袞은 그 숙부에게 부탁하여 8폭짜리 그림을 얻게 된다. 당신은 남곤에게 주는 그림에 '낙엽장추학落葉藏秋壑'과 '잔월조반산殘月照半山'라는 문장이 든 시를 적어 넣었다. 즉 바람에 휩쓸려 다니는 지조 없는 선비들을 풍자한 내용이었다. 시를 사랑하여 시인으로 영원히 남을 사람이었고, 세태를 풍자한 시를 곧잘 지어 벗들을 웃겨주었던 호방하고 유쾌한 사람이었다. 당신이 붓을 잡아 벽에다 산수를 그리면 벗들은 시를 짓고 음률을 고르고 춤을 추었다.

이 이야기는 450년이 지난 지금도 올곧은 선비의 좌표가 되고 있습니다. 다만 제가 21세기 '현모양처'라는 전통 여성상에 묶여 있다는 게 마음에 들지 않습니다. 저로 말하자면 독립적인 성격을 지녔다고 생각합니다. 자식들 곁에도 그리 오래 있지를 못하였습니다. 진보적이며 강한 자의식을 가진 조선의 여성이었음을 밝혀두고 싶은 욕심이 있습니다.

아쉬운 글월 여기서 붓을 놓습니다.

갑진년 음력 3월 19일 사임당 올림

사임당은 경포대 누각에서 내려와 경포 바닷길로 향한다. 그러면서 생전의 어머님을 그리워한다. 당시 강릉 북평촌의 사정과는 관계없이 한양에서는 봄부터 또 한번의 피비린내 나는 사화의 회오리가 있었다. 지난 무오사화 때 화를 입은 신진사류들만이 아니라 이번엔 오랜 세월 조정의 권력을 좌지우지해왔던 훈구파까지 한꺼번에 변을 당했다. 사임당은 거처를 북평촌에서 봉평으로 옮기게 된다. 서울과 강릉을 왕래하는 수고를 덜어주기 위해서였다. 괴나리봇짐을 꾸려 강릉에서 봉평까지는 사흘 걸음이었다. 산수도 한 점과 포도도 한 점, 색조를 넣어 그린 초충도 몇 점 그리고 마지막으로 쓴 초서 휘호 여섯 점을 넷째 동생에게 주고는 길을 떠났다.

한양에서 강릉이 굽이돌아 칠백 리인데, 떠나가는 발걸음이 무거웠다. 우 차를 끌고 북평촌에서 큰길이 난 도호부 쪽을 거쳐 첫날 저녁 무렵 대관령 가마골 아래 길손집에 닿았다. 다음은 대관령 아흔 아홉 구비를 걸어 구산역과 횡계역 중간쯤 되는 대관령 한 중턱 반정에. 저 멀리 북평촌에 두고온 어머니 생각에 마음이 북받쳐 그 유명한 사친시思親詩를 남기게 된다.

산 첩첩 내 고향 천 리 연마는
자나 깨나 꿈속에도 돌아가고파.
한송정 가에는 외로이 뜬 달
경포대 앞에는 한 줄기 바람

갈매기는 모래 위에 헤이락 모이락
고깃배는 바다 위로 오고 가리니
언제나 강릉길 다시 밟아 가
색동옷 입고 앉아 바느질할꼬.

　　　　　　　　　　— 사임당 「사친시思親詩」

　그 시대가 요구하는 여인상 때문에, 본인의 대표작이 방안에서
'초충도'만 그리는 이미지로 굳어져버렸다는 사실은 실로 안타까운
일이다. 대여섯 살 적에 외가댁에서 안견의 산수화를 보게 되었다.
원근법도 모르는 그 시절에 겁 없이 그림을 보고 흉내냈고 반복 연
습하다가 학습되었다. 16세기 전반기 비평가들은 이미 고인이 되어
예술적 가치가 한층 높아진 안견과 아직 살아 있는 현역인 사임당
을 나란히 놓고 비교했었다.
　이는 지난 날 서울국립미술관 관장님께서 한 말씀과도 일맥상통
한다.
　"섭섭하게도 우리가 기대하던 그림은 뭉그러졌지만, 여기 당대
조선 중기의 문신 소세양이 쓴 축하 시의 흔적이 아직 남아 있네요.
이경석의 발문까지도. 여기 네 글자 중 동양東陽 두 글자만은 뚜렷하
고 위에 낙관까지 보아. 진품인 것만은 확실해 보입니다. 다만 뭉개
진 원인 규명만은 해볼 가치가 있겠어요."
　그 말에 힘입어 예까지 왔다.

"시작은 미약하나 끝은 창대하리라."

성경 욥기에 나오는 구절을 떠올린다. 비로소 연구 논문의 줄기가 한두 가닥씩 잡혀가고 있다. 서울서 대관령을 넘어 두 가족사를 만나면서 연구는 시작되었다.

두 분 여류작가는 율곡 이이의 어머니 '사임당'과 교산 허균 누이 '난설헌'이다. 거의 동시대를 살다간 두 혈연은 역사 속에 극명한 대비를 이루고 있다. 초희는 그림에도 능하여 풍경화와 수묵담채화, 난초화 등을 남겼지만 모두 소각되고 말았다. 다만 친정집에 있었던 그의 시와 작품들은 동생 허균이 이를 보관하여 『난설헌집蘭雪軒集』에 실었다.

당시 여성에 대한 편견이 심한 조선의 사대부들에게서는 보여주지 않았다. 조선에 사신으로 온 명나라 문인들에게 보여주곤 했다.

윤슬은 경포 바다를 본다.

바다가 지난 날 피바람이 불던 그 시기로 돌아서고 있었다. 한양 저잣거리 현장에서 이슬로 사라진 허균의 넋을 기리며 너울성 파도가 무섭게 해변을 치고 몰려다닌다. 누구를 해칠 인물인지, 아닌지를 판단하는 암살자와 같은 존재로 거칠게 몸부림치고 있다. 당시 제대로 된 재판 없이 너무나 손쉽게 역모를 꾸민 죄인으로 허균의 집안을 몰고 갔다. 천지간 괴물로 참수당하고 사지가 찢기고 잘린 목을 쫓는 이들로 추격전이 참으로 긴박하다.

동시에 경기도 광주시 초월읍 지월리 난설헌(초희) 묘지 근처 하늘에서도 우르르 꽝! 꽝! 천둥 번개가 치고 있다. 초희는 동생 허균이 능지처참당한 것을 알고는 무덤 속에 유폐된 채, 그녀의 영혼은 꼼짝하지 않고 있었다. 그때 난데없이 마법사의 주술이 풀리고 있었다. 400여 년 동안이나 깊은 잠에 빠져 있던 그녀의 의식이 서서히 돌아왔다.

　"무덤 속에 유폐된 나를 함부로 깨우다니! 참으로 무엄하도다."

　초희가 벽력같은 소리로 주변을 제압시키자, 차가운 하얀 피부가 드러난다. 그 순간 그녀의 혈색조차도 분노에 휩싸인다. 푸른 빛으로 또다시 어두워지고, 금방이라도 숨을 멈출 것만 같다. 급한 마음에 사임당은 심장 소생술을 시도한다. 생명의 불씨를 되살리기 위한 노력 덕분에 초희의 심장이 다시 깨어난다.

　"미안하네. 내가 마법사의 깊은 잠에서 자네를 깨우고 말았네."

　이는 천지개벽天地開闢할 사건이 도래했다는 증거다.

　초희가 눈을 부릅뜨고는 사임당 할머니를 뚫어지게 본다. 그러다 그만 소름이 돋다 못해 얼음으로 굳어버리고 만다. 사임당은 초희의 등을 토닥토닥 쓰다듬어 주시면서 긴박하게 말을 전한다.

　"어서 가시게. 자네 추모 현 다례가 거행되고 있는 강릉 초당으로."

　빅뱅이 이러하거늘….

　5월 3일(음력 3월 19일) 거행되는 〈난설헌 추모 현 다례〉 행사

날 아침이다. 날이 밝자 사임당은 제일 먼저 한 일이 손녀뻘 되는 초희를 무덤에서 깨우는 일이었다. 다음은 외가에 참형을 당한 오라버니께 편지글을 써두는 것이었다.

사임당은 계획한 모든 일이 끝나자, 경포 바닷가에서 누군가를 기다리고 있다. 저녁이 되자 사임당에게 다가오는 한 여인이 있었다. 바닷빛 한복으로 차려입은 초희가 쓰개치마를 내리고는 민망한 표정을 감추지 못한 채.

"이 무례함을 어찌합니까?"

용서를 빌며 고개 숙여 인사를 드리자.

"크게 상관하지 말게나."

사임당이 손사래를 친다.

"초면에 감사드립니다. 저는 허초희라고 합니다. 난설헌은 당호입니다만. 시대를 앞서간 아버님의 가풍이 있었기에 지금껏 이름이 전해지고 있습니다."

경포 바다가 두 사람의 상봉을 염려하며 몸을 뒤척였다. 파도 소리가 거칠어지고 산더미 같은 파도가 먼바다에서 밀려든다. 초희는 성난 듯 거친 바다를 지그시 바라보면서 마음을 다스리고 있다.

"벌써 435년이라는 시간이 흘렀구먼. 다행스럽게도 이렇게나마 연이 닿았으니 고마울 수밖에."

초희의 얼굴에는 긴장과 함께 턱없이 고맙지만은 않았다. 두 집안에 맺힌 가족사를 생각하면, 차라리 자신을 깨우지 않은 편이 나았다. 아버지께서 객사하신 후, 온 집안은 흩어졌고 시대의 수모가 하늘을 찔렀다. 자신의 삶을 뒤돌아봤을 때, 꿈인지 생시인지 분간이 안 가는 심미적 재능과 에너지를 끝없이 분출하다가 스스로 산화되고 말았다. 27세라는 나이는 턱없이 부족한 시간이었다.

"외람되게도 소녀, 한 말씀 올려도 되겠습니까?"

"아무러면 어떤가? 조금도 어려워하지 말았으면 좋겠네? 지난 날 엉킨 매듭은 저승뿐 아니라 이승에서도 풀어야 하지 않겠는가?"

초희는 최대한 예의를 지켜가며 조심스럽게 말을 꺼낸다.

"아버님과 율곡 어르신께서는 경포호 중심으로 서쪽과 동쪽에서 16세기 동시대에 살았던 고향 친구셨습니다. 아버지께서는 16년간을, 저의 둘째 오라버니 허봉 역시 12년간을 조정에서 관직 생활을 했습니다. 그런데 이웃사촌인 분들이 서로를 반목하고 대립하면서 결국 저의 집안은 큰 불상사에 휘말리고 말았습니다."

초희가 울컥 치밀어오르는 슬픔을 목젖으로 넘기며 간신히 호소하고 있다.

"자네의 그 억울함을 해소하려면 당시 정치 이야기를 안 할 수가 없구먼. 조선은 임진왜란이 끝나고, 몹시도 불안했었어. 서인과 동인으로 당파싸움은 연일 계속되었고, 물론 그대 아버지 허엽은 동인의 수장이었고. 울 아들 율곡은 서인이었네. 정치적으로 크게 대립하는 가운데 서로를 비방하고 헐뜯다보니까. 인륜을 역행한 게야. 지금에 와서 어찌하겠는가?"

사임당은 지난 날 정치 이야기는 조선 여인네에게 금지된 만큼 조심스럽게 마음에 담아둔 말을 꺼내고 있다.

"물론 알력의 원인으로는 세계 정세를 외면한 조선 조정의 탓이겠지만. 왜곡된 사회구조와 편협한 정치사상에서 초래된 시대적 혼돈이라고 봐야 할 것 같아. 되돌아보면 조선의 당파싸움은 오늘날 정치 상황을 대변한다고 해야 할까? 여야의 권력 보복이 아직도 난무한 것이 현실이지 않은가?"

"역사를 잊은 민족에게는 미래가 있을 수 없다는 것도 잘 알고 있습니다."

"진정 옳은 말일세."

과거와 현재가 공존하는 강릉 바닷가에서 허심탄회하게 당시를 회상하며 이야기를 꺼내고 있다. 초희는 다 못한 말이 남은 듯.

"사임당 할머니! 조선조를 통하여 끝까지 복권되지 않은 사람은 광해군과 저의 동생 허균뿐인 것도 알고 계시겠지요?"

"알다마다. 공식적으로 선언한 적은 없지만, 그나마 허균은 1999년 4월 23일, 사형된 지 381년 만에 복권된 것으로 알고 있네. 양천 허씨 가문과 대한민국 대중들 사이에서, 민간차원에서는 이루어졌다고 봐."

"그나마 고마운 일이지요."

"당시 그대 집안은 '허씨 5문장'이라고 칭송이 대단했었어. 16세기 초반부터 그대 아버지 허엽은 조선의 변혁을 위한 물꼬를 터뜨리고 싫어했었고, 광해군이라는 그 시기가 좋지 않았다고 봐. 영웅은 시대를 제대로 타고 나야 하는데. 너무나 아쉽네. 어떤 특정 시기 동안은 강력하고 용맹한 영웅들이 주목받지만, 결국에는 숨은 영웅들의 업적도 복원되면서 다음 세대로 전해지는 게 역사의 순리가 아니겠는가. 복원되었다니 얼마나 반가운지 몰라."

"네. 저도 복원을 위해 애쓰신 분들께 깊이 감사드립니다."

"정치판이란? 어느 시대를 막론하고 도저히 믿을 수 없는 게임판이잖은가. 민중에 의해 왕이 쫓겨날 수 있는 세상은 허균이 죽고 난 후, 1649년에 영국에서 천교도 혁명으로 일어났어. 미리 예견된 세상이었지. 다만 우리는 바깥세상을 두려워한 나머지 굳게 문을 닫고 살았던 게 문제야. 안으로 곪아터지고 있는 것도 모른 채. 애석하게도 당시 오명을 뒤집어쓰고 역사 속으로 교산 허균이 사라졌으니까."

"참으로 원통하고 원통합니다."

"정치판을 바로 세울 자는 바로 이 땅의 민중뿐일세. 이곳 강릉 초당은 21세기 서울에서 고속열차가 다니는 20대 젊은이들이 제일로 선호하는 관광지가 되지 않았겠는가? 누가 감히 생각했겠어. 여간 반갑지 않아. 다만 억울한 것은 영특하기 이를 데 없는 그대의 풍경화와 수묵담채화, 난초화 등 귀한 작품이 한순간에 소각되고 말았으니. 그 모두를 어디서 다시 찾겠는가? 그게 몹시도 아깝고 아깝다네."

사임당은 소상하게 그녀의 예술세계를 들려주고 있었다. 초희는 자세를 다소 낮추고는 다음 말을 이어간다.

"그런데 말입니다. 지금도 초당에서 서쪽으로 성역같이 거대한 사임당 할머님의 생가 북평촌 오죽헌을 보면 많은 생각을 하게 됩니다. 주차장에 세워진 관광버스와 승용차들이 지금 이 사회가 지향하는 가치가 무엇인가를 분명하게 보여주고 있으니까요? 화폐에 나오는 두 분의 이야기로도, 5만 원권과 5천 원권에 두 분이 나오지 않습니까? 자녀교육과 경제력까지도 책임진 어머니상으로 칭송이 대답합니다. 저는 세 아이를 저세상으로 몰고 간 파렴치한 어미가 되었으니. 할 말이 없습니다."

"파렴치한 어미라니? 그럴 리가 있나? 그 누구도 그렇게 생각하지 않는다네. 그 옛날 영아 사망률 일등공신은 천연두와 영양실조였지 않은가."

사임당은 하고 싶은 말이 아직 남았지만 넌지시 속으로 삼킨다. 두 여인은 쓰개치마를 다시 여민 후 나란히 천상으로 올라갔다.

격정의 경포 바다가 다시 평온을 되찾아간다.

다음날 이 산에서 저 산으로 옮겨 다니면서 뻐꾸기의 울음소리가 애달프게 들려왔다.

"뻐꾹! 뻐꾹! 뻐 뻐꾹!"

적법한 재판 과정도 없이 당대 최고의 문장가로 이름을 날린 허균이 능지처참을 당한 혼의 불꽃이 여기저기서 분분하다.

아직도 슬픔과 환희가 미묘한 기압계로 작용하고 있음은 틀림없다.

"두려워 말라. 걱정을 말라."

민중들 또한 한양에서 역모죄라는 방이 붙자, 사대문 서쪽 저잣거리로 몰려가고 있었다.

"떵떵거리던 문중이 이제야 망해가는구나."

"자식 귀양길 보내고, 낙향하는 행차가 요란하다 했더니 아니나 다를까?"

"죽이시오. 죽이시오."

여기저기서 빈정거리며 수군거리기를 주저하지 않았다. 당시 붉은 머리띠를 두르고 광화문광장에서, 이 땅의 사대부들에게 주먹질해야 하는 민중들이 하는 꼬락서니란? 그는 결국 막대 셋을 밧줄로 매고 '역적 허균'이라는 팻말을 달아 그 막대 가운데에 목이 매달려졌고, 사지가 찢겨지고 있었다. 죽임을 당하는 곁을 사람들은 숨을 죽이며 지켜보고 있었을 뿐이다. 결국 목이 떨어져 저잣거리에 내걸렸고, 향년 49세. 그의 시신은 수습되지 못했다.

훗날 20세기 초에 이르러 선산 근처에 가묘가 조성될 수 있었을 뿐이다.

윤슬은 두 여류작가가 경포 바닷가에서 승천하는 것을 배웅하고 돌아왔다.

다음날 경복궁이 내려다보이는 서울국립미술관 연구실로 출근하면서 뜻밖에 유랑 중인 〈몽유도원도夢遊桃源圖〉 소식을 전해 듣는다.

외교부 공식인가 사단법인 세계경제문화교류협의회ECI는 2022년 3월 14일 체결한 이본궁 기념재단 중요문화재 증여에 관한 협정서와 2021년 10월 20일 체결한 덴리대학 기부행위 확약서에 따라, 지난 2022년 12월 14일 '몽유도원도夢遊桃源圖' 한국반환을 위한 사실상 일체 권한을 위임받는 체결을 했다.

물론 실제적인 반환까지 이뤄지기 위해서는 바통을 정부가 이어받아 많은 실무적인 부분을 해결해야 한다.

— 파이낸셜 투데이 2023. 5. 27 기사 중에서

실무적인 반환까지 기다린 보람이 있었다.

밖에는 아침부터 계속 비가 내렸다. 반가운 소식이 사라질 것 같아 아침부터 조바심나게 했다.

반갑게도 관장님의 부름을 받았다.

"온 국민의 오랜 숙원사업이 이루어진 만큼, 문화재 환수를 위한 모든 절차를 밟을 수 있도록 협조해주십시오."

드디어 모든 서류 준비가 완결되었다.

윤슬은 〈몽유도원도夢遊桃源圖〉 반환을 위해 관장님과 함께 인천국제공항에 발을 들여놓았다. 지난 세월만큼이나 환수 과정이 길고

힘들었다. 반환을 위한 끝없는 노력이 산 넘어 산을 움직이는 힘이 되었다. 약탈문화재 반환은 강대국의 수치임에도 불구하고 쉽지 않았다. 법적인 효력과 강제성이 없어 제대로 이루어지기 어려웠다.

그 옛날 이 공항에서 리 선배의 유해가 담긴 컨테이너가 내려졌다. 당국의 협조를 받아 화물세관터미널을 거치지 않고 바로 검역 등 통관 절차를 밟은 뒤 가족들을 만날 수 있었다. 상복 차림으로 나온 그의 어머니는 유해를 안고 온 지도교수님의 손목을 잡고 목놓아 울었다. 페루 유적발굴팀 한국조사팀 일부도 함께 나왔다. 손을 흔들며 떠나보냈던 아들이 유해로 돌아왔기에 오열과 몸부림으로 맞았다. 노제는 그의 가족과 친지, 대학교 관련 연구진 등이 참석한 가운데 인천공항 화물터미널 도로에서 진행되었다. 20여 분 만에 간단하게 끝났다.

노제를 마친 유해는 장례용 캐딜락에 실린 뒤 빈소가 차려진 강릉의료원 장례식장으로 향했었다. 3일째 되는 날, 하느님께 고인을 맡긴다는 의미의 장례미사를 초당성당에서 지냈다. 장지는 솔향 하늘길로 이어졌다.

지금 윤슬은 인천국제공항에서 〈몽유도원도夢遊桃源圖〉 반환을 기다리고 있다. 문예부흥기인 르네상스 시대, '천년 하슬라 그 영광의 땅'인 강릉 두 여류작가를 떠올리며….

소설의 새로운 지평을 열고자 노력한 작품

홍성암/ 문학박사, 전 동덕여대 교수

　　홍숙희의 장편소설 『두 여류작가의 빛』은 그 서술 방법이나 제재의 범위, 문명 비판적인 태도 등은 매우 새롭고 독특하여 독자들에게 강한 인상을 준다. 특히 발굴된 고미술 작품의 고고학적 가치나, 당대 시대의 현상과 현대의 시대적 의미를 통찰하는 개성적 견해는 독자들로 하여금 많은 사색을 하도록 폭넓은 기회를 제공하기도 한다.

　　이 소설은 국립미술관 연구원으로 근무하는 '윤슬'이라는 여주인공을 통하여 사건이 전개되는데 표면적으로는 윤슬이 같은 연구원 출신인 이우연을 만나고 사랑하고 그가 페루 고적 탐사에서 비행기 추락사고로 죽게 되기까지의 과정을 다루고 있지만, 실제의 소설적 전개는 윤슬이 체험하는 발굴된 고미술 작품의 감상과 그 작품에 깃들인 시대상 그리고 그것의 현대적 의미를 조명하는 것으로서 문명 비판적인 가치관을 드러내는 데 있다고 볼 수 있다.

　이 작품은 경복궁에 있는 서울국립미술관에 국보급의 두루마리 족자가 보내져오는 것으로 시작된다. 고서화 감정을 위해서 보내져 온 것인데 5백년 이상 된 여류화가의 산수화로 추정되는 것으로서 국보급의 진품으로 기대되는 것이어서 화자를 매우 들뜨게 했다. 그러나 막상 족자를 펼치자 잘못된 보관으로 인하여 족자에는 동양東陽이라는 낙관만 남기고 나머지는 '묵은 빛과 먼지의 조각'으로 사라져버린다.

　윤슬은 이 고서화가 조선 여류작가의 작품으로 보았고 특히 강릉의 오죽헌과 초당의 인물인 신사임당이나 허초희의 작품일 것이라는 심중을 굳히고 사색의 실마리를 풀어간다. 윤슬은 고서화의 탄생지인 강릉을 찾는다. 그곳은 그의 연인인 이우빈의 고향이기도 하다. 이우연은 강릉의 유서 깊은 저택인 선교장의 아들로 윤슬의 선배이면서 동료로서 매사에 그녀를 이끌고 도와주는 고마운 존재다. 그러나 그는 페루의 유적지 발굴에 참여했다가 비행기 추락사고로 사망함으로써 윤슬에게 치명적 아픔을 남긴 존재이기도 하다. 그러나 이 작품에서 이들의 관계는 간헐적으로 조금씩 언급함으로써 시간적 경과만을 나타낸다고 보겠다.

　윤슬은 500년 전 여류화가인 신사임당과 허초희의 작품으로 추정되는 산수화가 잘못된 보관으로 허무하게 사라지는 충격을 겪으며 여행을 떠나 그 작품의 탄상지이며 연인 이우빈의 고향 집인 강릉 선교장 고택에 숙박을 정하고 한옥마을과 허엽의 고택 등을 둘러본다. 그런 들뜬 마음의 연장선에서 고대 이집트의 고적지, 룩소르의 왕가 계곡, 이탈리아 피렌체, 프랑스 루브르박물관, 워싱턴박물관, 일본 텐리대학 도서관, 잉카제국의 페루 등을 두루 견학하면서 많은 미술작품들을 대하게 된다.

천경자의 〈미인도〉, 영화 〈다빈치 코드〉로 알려진 작품들, 그리고 프랑스 루브르박물관과 유리 피라미드, 〈모나리자〉의 초상화, 베네치아 지네브라에 이르기까지 그리고 안평대군의 꿈을 그림으로 그린 안견의 산수화 〈몽유도원도〉를 재해석하기도 하고 특히 한국의 걸출한 여류화가인 신사임당과 허초희의 부활을 기대하는 것으로 초점화된다.

이 소설은 작가의 시대 인식이나 비평의식이 매우 강렬하고 박학다식하여 독자들로 하여금 정신없이 몰입하게 된다. 작가의 견해를 또는 주장을 또는 비평안을 폭포수처럼 또는 파도처럼 몰아쳐서 작품을 읽는 동안은 거의 정신을 차릴 수 없게 한다. 지금까지 대해보지 못한 새로운 방법의 공격이어서 독자들은 그저 얼얼한 기분이 들 정도다. 어떤 면에서 소설의 새로운 지평을 열고자 한 작품으로 보게 된다.

그럼에도 불구하고 작가가 더 성찰해야 할 부분이 있다고 여겨진다. 즉 소설 본래의 기능인 플롯에 대한 신중함이다. 소설의 가장 중요한 요소인 플롯은 갈등 구조를 생명으로 한다. 소설은 조용히 사색하고 반추하고 되새김질할 여유를 주어야 한다. 독자는 그런 관조를 통하여 자신과 현실 그리고 현대의 사회상을 산지식으로 체화하게 되기 때문이다.

소설의 서사구조와 운명적인 길 찾기 해법

― 홍숙희 장편 『두 여류작가의 빛』 그 지순한 예술혼

엄창섭/ 가톨릭관동대 명예교수, 『모던포엠』주간

1. 자의적 은폐와 에펠레이션命名

　모름지기 한 사람의 충직한 독자로서 우리가 인지하듯이 '문학작품의 의미와 구조 및 가치, 작가의 세계관 등을 일정한 기준에 따라 평가하고 분할·통합하는 작업에 지속적인 관심사로 의식의 날刃 푸른 비판정신의 중개자로서 고뇌 앞의 강직성에 의미성을 높이 평가할 때 비교적 중량감이 실린 홍숙희 소설가의 인간 실존의 혼성과 미완의 디아스포라를 전재한 조선왕조를 대표하는 두 여성의 서술 구조는 지극히 시사적示唆的이다.

　모두冒頭에서 '소설의 서사구조와 운명적인 길 찾기 해법'(홍숙희 장편 『두 여류작가의 빛』 그 지순한 예술혼) 논의에 앞서 따뜻한 감성과 맑은 영혼의 소유자로 지극히 독실한 가톨릭 신자인 홍숙희 소설가는 항만의 도시 부산태생이다. 그 자신은 40여 년간을 교직에 몸담아오면서도 줄곧 문학에 대한 일념으로 1986년 교육자료 공모 수필 3회 추천과 1989년 MBC 300만원 고료 창작 공모전의 당선과 1990년『문학세계』수필 신인상, 1993년『시세계』의 시 신인상을 받았다.

한편 강릉대학교 교육대학원 석사학위 수여를 계기로 2007년『한국 탄광 시선집』에「낮달이 뜨는 지붕」(제1~7화)을 수록을 비롯하여 2009년 장편소설『거무내미』와 2015년 명상소설『아름다운 동행』및 고고학적 접근과 더불어 한국의 무속설화 등에 맞물린 종교의식까지도 다층적으로 천착한 코로나19를 다룬 소설『19열차』와 2022년『나의 산티아고 39페이지』의 출간 경력도 그렇지만, 제20회와 21회 신사임당 미술대전 입선, 그리고 2023년 6월의 강릉아산병원 갤러리 개인전을 개최한 초 장르적으로 활동하는 존재감 빛나는 감성적 투혼鬪魂이다.

어디까지 서사구조란 신화나 민담, 소설 같은 서사물에서 사건들이 결합하는 방식이나 연관성, 그리고 질서를 뜻하며, 사건들이 진행되는 시간적 순서로, '발단-위기-갈등-절정-대단원'으로의 스토리 전개는 묵언으로 응시하며 지켜볼 점이다. 이처럼 소설론에서 작품의 주제성은 가치판단이 요청되기에, 무엇보다 등장인물의 성격, 소설의 시점, 독자적 문학성은 주요한 관점이며 대상이다. 특정한 작가에게 소설 구성상의 작위作爲는, 새로운 인간상과 성격의 창조에 연계되는 점도 그렇거니와 세 번째 장편인『두 여류작가의 빛』의 시점point of view은 '전지적 작가 시점'이다.

비교적 작가는 전지성을 지닌 탓에 다양한 인물의 등장에 초점을 옮겨가며 상황을 서술할 수 있는 탓에, 작품 속 인물의 성격 분석과 파악은 작가의 주제나 세계관에 대한 해명과의 접목이다. 아울러 배경 묘사의 설정은 생동하는 존재로 구명되기에 인물의 설정은 사실성과 연계된다. 그렇다. "소설가가 소설을 쓰는 행위는 문학사가 내용하고 있는 인물전시장에 몇 개의 새로운 초상을 부가시키는 일이라"는 그릴렛A. Robbe Grillet의 역설이나 한편 특정한 작품에서 등장인물의 에펠레이션命名을 통한 성격의 파악과 서사구조, 그리고 방법의 추이는 관심의 대상이다.

모처럼 그 자신이 소설작품에서 재치가 빛나는 대화 양식을 문학적 대화로 차용함도 그렇거니와 소설로서의 생리적 과정을 더 작은 용적 안에 소설의 전면모全面貌를 수용하고 발현한 점은 특이하다. 이같이 대화의 핵과 주제의 단일성, 구성의 간결성과 엄밀성, 최대의 절약과 최상의 강조법을 치밀하게 사용하여야 단일한 효과성과 인상의 선명성 등의 효용성을 거둘 수 있다. 이 같은 양상에서 복합적 구성을 골격으로 삼아 다양한 삽화를 결부시켜 사건을 구도 처리한 장편소설은 다수의 등장인물이 서로의 관계성을 긴장감 유지하며 사건을 흥미롭게 이끌어간다. 까닭에 장편소설은 주제를 구축하는 사건 이외에도 부수적인 제 요인들이 서로 얽혀 갈등과 대립을 풀어간다. 이처럼 인생과 사회 전체를 총체적으로 묘파描破함으로써 주제를 선명하게 해석하고 창조하는 데 그 의의가 있음은 주의 깊게 지켜볼 일이다.

여기서 장편소설의 편집 구도 처리는 '1장 묵은 빛, 2장 리몽李夢 카페, 3장 고고학의 폭풍주의보, 4장 르네상스 시대로의 초대, 5장 유랑몽유도원도夢遊桃源圖, 6장 두 여류작가의 만남'으로 결結 고운 옷감처럼 존재감이 빛난다. 따라서 작가의 고정인식의 틀 깨기랄까? 새로운 의도적 접근으로 등장인물을 '신사임당과 허난설헌楚姬을 중심으로 윤슬, 이우빈, 아름을 뒷받침하는 단테, 프랑스와 1세, 다빈치, 지네브라 여인, 니꼴리니 백작을 포함하여 허균, 이달, 안평대군, 안견, 일본인 다수'를 배치한 점은 물론이거니와 소설의 배경인 장소 또한 6곳으로 한정한 홍숙희 작가만의 차별성에 의한 존재감은 이채롭다. 이처럼 소설의 도입부인 '1장 묵은 빛'의 일면처럼 평상심을 유지한 담백한 분위기로 독자의 시선과 관심을 빚어내고 있다.

"기부자님께서 고서화에 대해 정확히 말씀하지 않으셨습니다. 다만 집안 대대로 내려오던 것이라고만…."

연구직원인 아름이가 전한다. '왜? 뭔가 불길한 의문부호가 따라온다. 아닌 게 아니라 연구실에 들어서는 내내 윤슬의 손은 떨렸다.

—「1장 묵은 빛」 중에서

특히 시대적으로 문예부흥기인 르네상스에 '천년 하슬라何瑟羅 그 영광의 땅'인 강릉江陵에 운명적으로 몸담았던 '한국의 영원한 모성母性인 신사임당과 동양 3국 최초의 여류시인 난설헌 허초희'를 중심인물로 삼고 전지적 작가 시점에서 동시대와 강릉이라는 공간을 현대성에 결속한 구도 처리나 기법은 매혹적이어서 신선하고 흥미롭다. 그렇다. "2006년 영화 〈다빈치 코드〉가 뜨고, 한 여인의 삶을 재해석한 예술의 혼과 불멸의 사랑을 그린 〈빛의 일기〉가 2017년에 TV 드라마로 방영되었다. 그때로부터 '강릉으로 가는 길'은, '여성 천재들에 대한 모종의 비밀', 숨겨둔 '다빈치 코드'와 흡사한 그 무엇이 뇌리를 의아심으로 휘감았다"라는 그 일면이나 "2023년에 〈연인〉 TV 드라마에서 '환향녀 취급'의 현실을 보여주었다. 병자호란 당시 청은 포로를 잡아갈 때 남녀노소 가리지 않았다. 일부는 포로가 아님에도 납치해 데려가기도 했다. 이렇게 청으로 끌려간 이들 중 다수는 청인들에게 몹쓸 짓을 당했다"의 보기도 그렇거니와 "그 예로 권력을 가진 여자가, 약한 여자를 도와주는 2022년 〈슈룹〉 TV 드라마 이야기를 잠깐 옮겨본다"라는 구체적 서술은 새삼 뜻깊다.

강릉 선교장이 그 옛날 한성부 건천동, 허엽 본가本家로 몸을 바꾼다. 허엽은 서경덕과 이황의 문하에서 수학했다. 아득한 길을 따라 먼 데서 말갈기를 휘날리며 도포 자락에 갓을 쓴 젊은이들이 찾아온다. 그들은 말안장에서 내려 말의 고삐를 잡고는 솟을

대문 앞에서 소리친다. 하얀 도포 자락이 눈바람에 펄럭이고 초
희의 스승, 이달이 찾아온다.

—「2장 리몽李夢 카페」중에서

　위에 인용한 예문을 통해 작품의 발단을 비롯한 작품 전개를 위
하여 그 자신은 사건의 진행에 급기야 속도감을 불러내고 있다. 아
울러 사건구성 또한 독자의 공감을 자잘한 파상波狀으로 불러주기에
감동을 회복시켜주는 역동성은 더없이 놀랍다.

2. 주제의 해법과 사건 전개 양상

　일반적으로 소설의 3대 요소는 ①주제theme, ②인물character, ③구
성plot이다. 주제의 참신성 결여라는 우리 소설문단의 제 양상은 홍
숙희 작가의 경우도 예외일 수는 없다. 그의 소설에 등장하는 대다
수 인물은 비교적 평면적 인물Flat character이거나 몰개성적 인물로서
성격이나 내면 심리가 까다롭거나 특이체질은 아니다. 모처럼 작
중 인물의 유형은 다소 미셀러니 경향의 보편적이고 상투적인 유형
이기에 긴장감보다 지루함을 안겨주는 약점을 지니고 있다. 따라서
일차적으로 그 자신의 작품 구도와 내면 의식에 관한 이해를 돕기
위하여 의도적이나마 사건 전개의 추이推移를 지켜보며 발단과 결말
부분을 분할·통합하며 그 나름으로 작가의 의식에 접근하되 작품의
틈새 좁히기와 길 찾기를 심층적으로 검토키로 한다.

또 그렇게 "오월, 꽃분홍 길을 시작으로 서울이 따뜻해지고 있"는 현실적 시간대에서 아름이가 연보랏빛 상의에 청바지 차림으로 꽃분홍 길 따라 출근하고 있다.

각론하고 독일의 소설가 하이제Paul Johann Ludwig von Heyse의 이론을 적용하지 않더라도, 그 자신의 작품에서 "다소 평이한 현실 안주의 인물 제시와 직설적인 서술성이 비교적 횟수가 잦게 노출된 점은 소설의 미학적인 형상화 기량이 미숙한 탓이다"라는 전제는 다소의 무리수가 주어진다. 까닭에 "바다 위 겹겹이 일어나는 물결은 야속하리만치 지각도 연민도 없다. 세기의 '루브르'는 마음속에 잃었던 바다를, 그리고 영혼들을 늘 품고 살아야 할 것으로 안다. 광활한 바닷길 큰 외침으로 고고학을 연구하는 한 사람의 학자로서 솟구쳤다. '저 바닷길에서 길을 잃은 영혼들이여! 말해보라.' 그때 난데없이 거친 바다에 파란 색, 흰 색, 빨간 색으로 이루어진 프랑스 깃발이 나부끼고 있다"의 일면도 그렇거니와 "휴가를 고향, 부산으로 가기 위해 서울서 고속열차에 몸을 실었다. 그동안 연구실에서 쌓인 피로를 고향 바다가 풀어주었으면 좋겠다. 웬걸 힘이 쭉! 쭉! 빠진다. 일기예보가 계속 신경에 거슬렸다. 심지어 핸드폰에서는 붉은 신호음까지 울리는 통에, 중앙재난안전대책본부에서 안내 문자가 순간순간 날아들었다. 불안이 가슴 한복판에 붙박이처럼 도사린다. 인명피해만은 피해야 한다고. 정부로부터 협박이라도 당하는 기분이다"에서 감지되듯 새삼 긴장감과 흥미를 자극하려는 그 자신의 의중은 이처럼 식별이 된다.

비록 독일의 시인 릴케R. M. Rilke가 "시는 체험이다"라고 천명하였듯이 상상력의 의미망을 확장하여 가공의 진실을 역사적 틀에서 그 나름으로 서술한 한 편의 소설은 그 시대의 정신적 산물이기에, 홍숙희 소설의 합리적 해법은 시대성을 반증할 타당성을 지니고 있다. 이 점에 비춰 다소 분량에 문제점이 없지 않으나 ① 제한된 분량에서 6개 단락의 치밀한 구성, 그리고 간결한 문체의 특성 ② 작중 인물을 중심으로 짤막한 스토리의 전개 ③ 다양한 사건의 언어망網이 이야기의 골격을 유지 ④ 사건 전개에서 일관성 유지 ⑤ 사건의 배경에서 시간과 공간의 열림 지향의 특이성을 동시대의 어느 작가보다 치밀하게 구도 처리는 그 존재감의 빛남이다.

어디까지나 "그때 어디선가 심오한 곳에서부터, '슈베르트' 사랑의 세레나데가 흘러나오고 있었다. 순간 거리는 따뜻한 온기로 가득 차올랐다. 중세 피렌체 중심지에서 신비함까지도 그사이 좁은 골목으로 통하는 작은 성당의 십자가상이 눈에 쑥 들어왔다. 노래 가사에 홀린 듯 성당으로 발걸음을 자연스레 옮기자, 내부 왼쪽 재단 바닥에 '베아트리체' 잠들어 있다는 표지판과 마주쳤다. '세상에 이런 일이 다 있나?'(4장 르네상스 시대로의 초대)의 일면의 보기나 "그 후 9년이란 세월이 흘렀다. 단테는 '피렌체(꽃의 도시)' 중심부를 관통하는 '아르노강'을 가로지르는 '베키오' 다리 난간에 기대고 있었다. 그때 우연히 새하얀 드레스를 입은 운명의 소녀 베아트리체와 두 번째 마주친다. 그녀는 단테를 향해 가벼운 미소로 인사를 하고는 그곳을 떠났다. 그날을 단테는 자신의 시집 『새로운 삶』에서 천국의 모든 경계를 훔쳐보았다"고 적고 있다"(4장 르네상스 시대로의 초대)에서 장소성場所性과 공간을 뛰어넘는 서술의 추이推移는 못내 신선한 감동을 안겨준다.

까닭에 "그래서일까? '모나리자의 저주'라는 말까지 등장한다. 이는 '책 읽는 여자는 위험하다'라는 말로 바꿔도 무방해 보인다. 역설적으로 말하자면, 당시 유럽에서는 남성들에게 여성의 책 읽기는 위협적이었다. 책을 읽는 여성들은 세상과의 소통을 원할 뿐이다. 그럼에 불구하고 권력자의 눈에는 분명 위험부담이 있다. 동서를 막론하고 남성은 존귀하고 여성은 비천하다는 남존여비 관념이 지배적이었다. 여자는 남존여비의 오랜 역사 속에서 스스로 남자를 존대하고 자신을 비하하는 태도를 취하는 경우가 많았다. 여기에 키워드는 열린 사고가 중요해 보인다"라는 작가 자신의 열린 사고와 확고한 집념은 난설헌의 선견지명에 맞물려 자못 놀랍다.

오랜 날 평자 그 나름으로 "예술에는 국경이 없지만, 예술가에게는 조국이 있음"을 역설해온 점에 비춰 민족의 혼이고 얼인 정신문화에 대한 홍숙희 작가의 지대한 우리 문화예술에 대한 애정과 관심에는 비장감마저 묻어난다. "특히 〈몽유도원도夢遊桃源圖〉는 15세기 조선 르네상스를 상징하는 역사적 예술품, 국보이기에 더욱 그렇다. 복사꽃이 활짝 핀 〈몽유도원도夢遊桃源圖〉는 조선 전기의 화가 안견이 3일 밤낮을 몰입한 끝에 완성한 그림이다. 안평대군이 직접 '무릉도원도'라는 제목과 함께 칠언절구의 시를 썼다. 신숙주 성삼문 등 문사 20여 명이 그림을 칭찬하는 글과 시를 지어 완성한 작품이며 응집된 고도의 집중력이 일시에 발휘되었다. 안평대군은 세종 치하의 좋은 시절, 시서화詩書畵 어느 것 하나 못하는 게 없던 천재 예술인이었다. 그는 사람들을 구름처럼 몰고 다녔다. 장안에 재주 있다는 자는 죄다 그의 문하에 들려고 경쟁했었다. 마치 이탈리아 르네상스 시대 피렌체와도 같은 분위기다. 메디치가의 수장들의 눈에 들기 위해 노력했던 미켈란젤로, 레오나르도 다빈치, 라파엘로 등의 발현과도 일맥 통한다. 다"(5장 유랑 중인 몽유도원도夢遊桃源圖에서 명증되는 불멸의 예술혼은 경이로운 바람의 초상肖像이다. 또 한편 그 자신의 작품 배경을 탐색하는 과정에서 불가분 외형에 의한 새로운 접근이라면 소설 구성에서 '인물, 사건, 배경'에 견주어 희곡의 3요소가 '대사, 지문, 해설'이듯이 이 같은 양상을 적절히 절충시켜 그 특이성을 한층 새롭게 빚어낸 형사形似의 빛남으로 또 하나의 충격이다.

3. 합리적 해법과 에필로그epilogue

어디까지나 다소 통시적 고찰이나 그 자신의 단편을 통해 파악되듯이, 그 나름으로 등장인물의 창조적 성격을 모색하기 위해 작품의 흐름을 통시적으로 열거한 것은 변명 같지만, 전체적 맥락에서의 별견瞥見임을 지적하지 않을 수 없다. 모처럼 동시대에 활동한 작가에 견주어 그에 관한 다각적이고도 심층적 연구가 비중 있게 논의되지 못한 안타까운 현상에서 다소 생경生硬한 그의 문학사적 위상을 점검하는 작업은 선행연구라기보다 각론에 머물고 있을지라도, 작품의 주제 의식과 수사의 기법, 그리고 문체 등을 전반적으로 아우르는 다양한 연구와 조망은 현실적 정황에서 실망감을 안겨주기에 자각 의식에 의한 연구의 의미망은 자못 절실하다.

그렇다. 외교부 공식인가 사단법인 세계경제문화교류협의회ECI는 2022년 3월 14일 체결한 이본궁 기념재단 중요문화재 증여에 관한 협정서와 2021년 10월 20일 체결한 덴리대학 기부행위확약서에 의해 지난 2022년 12월 14일 〈몽유도원도夢遊桃源圖〉 한국반환을 위한 사실상 일체 권한을 위임받는 체결과 2023년 5월 27일 파이낸셜투데이의 보도 기사도 그렇지만, 무엇보다 윤슬은 그동안 강릉을 거쳐 고고학의 시간을 달리는 소녀로 살았다.

서울국립미술관 연구실에서 비단 화폭에 뭉개진 조선 여류 산수화의 원인 규명을 위해 돌아다녔다. 동시대 이탈리아 '피렌체' 르네상스 시대를 탐색하면서 끈기를 요구받았고, 남존여비男尊女卑 사상에 한정 없이 매몰되기도 했었다. 때론 고고학의 궤적을 풀어가는 즐거움도 뒤따랐다. 그간에 수집한 르네상스 시대 자료를 중심으로 한국 고고미술사학 '두 여류작가의 빛'에 대한 연구논문은 신사임당과 난설헌을 기리고 추모하는 이 땅의 모든 여성에게 기적과도 같은 신의 선물을 안겨줄 기대감이기에 못내 극명하다.

　모름지기 홍숙희 작가는 「6장 두 여류작가의 만남」의 결말에서 막연한 기대감과 함께 "그 옛날 이 공항에서 리 선배의 유해가 담긴 컨테이너가 내려졌다. 당국의 협조를 받아 화물세관터미널을 거치지 않고 바로 검역 등 통관 절차를 밟은 뒤 가족들을 만날 수 있었다. 상복 차림으로 나온 그의 어머니는 유해를 안고 온 지도교수님의 손목을 잡고 목놓아 울었다. 페루 유적발굴팀 한국조사팀 일부도 함께 나왔다. 손을 흔들며 떠나보냈던 아들이 유해로 돌아왔기에 오열과 몸부림으로 맞았다. 노제는 그의 가족과 친지, 대학교 관련 연구진 등이 참석한 가운데 인천공항 화물터미널 도로에서 진행되었고 20여 분 만에 간단하게 끝났다. 노제를 마친 유해는 장례용 캐딜락에 실린 뒤 빈소가 차려진 강릉의료원 장례식장으로 향했었다. 3일째 되는 날, 하느님께 고인을 맡긴다는 의미의 장례미사를 초당성당에서 지냈다. 장지는 솔향 하늘길로 이어졌었다. 지금 윤슬은 인천국제공항에서 〈몽유도원도夢遊桃源圖〉 반환을 기다리고 있다. 문예부흥기인 르네상스 시대, '천년 하슬라 그 영광의 땅'인 강릉 두 여류작가를 떠올리며…"라는 아쉬움을 뒤로 한 묵언의 응시凝視 끝에 이같이 마무리된다.

　각론하고 대류의 심장을 지닌 그 자신의 정신적 생산물에 있어 서술 상황의 전개 양상의 특성이나 소설의 미학적 면을 강조하지 아니하여도 자기변명으로 치부될 위험성이 주어질 뿐더러 또 한편

소설 평설의 한계성에 얽매임은 유념할 바다. 비록 평자 그 나름으로 인상비평적이나 홍숙희 작가의 「합리적 해법과 에필로그epilogue」에서 통시적으로 기술한 일면임에 비춰 새삼 천명할 점이라면, 하나의 신앙처럼 미적 주권의 정체성을 켜켜이 지켜내며 상업주의를 경계하고 일관된 의지로 문학인 본래의 영역에 처하면서도, 장르의 이탈을 거부한 날[끼] 푸른 작가의 의중이 다양한 관점에서 천착穿鑿될 막중한 과제이다.

그처럼 불확실한 현상에서 덴마크의 심리학 교수 스벤 브링크만 Svend Brinkmann이 그의 저서 『절제의 기술』을 통한 경계는 유념할 점인 까닭에 견고한 고뇌 끝에 진정한 깊은 사유를 통한 여백의 틈새 줍히기에서 존재감이 빛나는 정신적 작위作爲는 더없이 온전한 수행에 잇닿은 정신적 결과물이다. 모처럼 따뜻한 감성의 소유자인 홍숙희 소설가의 이 같은 작품의 양상은 사고가능성思考可能性의 긍정적 맥락에서 심사위원들이 뜻을 모아 시적 구도의 특이성에 의미구조를 높이 결부시켜 엄격하게 검증을 끝낸 결과이다. 까닭에 밤하늘의 신비한 성좌星座로 자리매김하여 현대사회의 구성원으로서 존재감이 빛남은 못내 자랑스럽다.

결론적으로 앞서 자크 데리다Jacques Derrida는 결정 불가능성의 범주範疇로 이를 해석하기에, 그 자신이 처한 시간대와 공간에서 홍숙희 작가는 삶의 생명감에 충실할 뿐더러 대립과 갈등 구도로 절망의 끝이 보이지 않는 조국의 암울한 사회현상에서도 지극히 견고한 성곽처럼 상호보완적 공존의 양상을 지닌 '이 시대의 따뜻한 감성과 영감을 지닌 극소수의 창조자'로서 비판기능의 수행이 각별하다. 모쪼록 최소한 창조적 활동을 끊임없이 펼쳐갈 정신작업의 종사자라면 '영감의 비의秘意를 해명하는 사제司祭로서 비공인의 입법자 역할'을 극명하게 수행하여야 한다.

르네상스 시대
두 여류작가의 빛

지은이_ 홍숙희
펴낸이_ 조현석
펴낸곳_ 북인
디자인_ 푸른영토

1판 1쇄_ 2024년 12월 10일

출판등록번호_ 313 - 2004 - 000111
주소_ 서울 마포구 동교로19길 21, 501호
전화_ 02 - 323 - 7767
팩스_ 02 - 323 - 7845

ⓒ홍숙희, 2024
ISBN 979 - 11 - 6512 - 106 - 8   03810

이 책은  재단
법인 강릉문화재단 의
GangNeung Culture & Arts Foundation

후원으로 발간되었습니다.